Idiot

Lonely Years

Von
Thomas Schwarz

Herstellung und Verlag: BoD – Books on Demand, Norderstedt

ISBN 978-3-7460-9230-0

1.

Wir sind im Hier und Jetzt.
Wie ich sie alle hasse. Alle miteinander sind mir zuwider. Ich kann nicht mehr so tun als würde mich, dass nicht interessieren. Die freundlichen Gesichter. Gespielt und versteckt nur den Ekel. Wie ich sie alle hasse. Einer ist uninteressanter als der andere. Verdammt gibt es nicht interessantes mehr auf dieser Welt. Ich mein wie kann es das geben, dass mich alles langweilt. Nicht mehr Mal Drogen machen spaß. Verdammt wie schlimm ist es schon. Nicht einmal Drogen..
Verdammt wie ich sie hasse. Sie sind so zum Kotzen und jedes Mal, wenn ich die Menschen sehe, will ich ihnen ins Gesicht kotzen. Verdammt warum auch nicht. Sie sagen ja auch nichts Sinnvolles. Alles ist so fad. Nicht einmal wenn ich zwischen den Beinen einer geilen Frau liege und sie lecke habe ich Spaß. Verdammt nicht einmal Sex macht Spaß; wie schlimm ist es geworden. Ich mein, wie kann es das geben!
Ja es geht auch noch schlimmer. Das einzig Gute an den Antidepressiva ist, dass ich nicht an Selbst Mord denke. Manche reden nur darüber, manche tun sich weh. Aber ich. Ja ich mein es verdammt Ernst. Ich habe, aber so was von, keine Lust mehr. Ich werde es irgendwann machen. Das steht mir zu, als Individuum. Warum auch nicht. Was soll schon passieren. Hölle?
Vielleicht, aber wie schlimm kann es schon werden. Ich habe irgendwie keine Angst. Naja, ist schon komisch. Ich habe irgendwie nichts. Ich spüre mich nicht. Kein Gefühl. Nur diese Leere in Einem.

Ja ja, wie viele Leute reden darüber. Und es ist schon irgendwie schwierig; ich mein wie soll ein Wort, wie Leer; ganz und vollkommen das rüberbringen, was ich fühle. Fühle? Lustig. Ich fühle nichts. Irgendwie renn ich schon sehr lange so rum. Mittlerweile finde ich es gefährlich. Man muss doch seine Gefühle spüren, um zu wissen, was richtig ist für Einen.
Naja, wie auch immer. Jetzt bin ich von meinem Hass auf die Mensch zu dem leeren Gefühl in mir gewechselt. Naja, warum auch nicht.
Ich kann ja nicht den ganzen Tag auf die Menschheit schimpfen. Was bringt es mir. Nicht viel! Aber manchmal kann ich nicht anders. Ich mag einfach die wenigsten Menschen. Eigentlich kann ich keinen Menschen als ganzer leiden. Wahrscheinlich liegt es an mir. Naja, könnten die anderen in meinen Schuhen gehen würden sie es vielleicht verstehen. Leider geht das nicht. Ich fühl mich genauso deplatziert in einer Psychiatrie, wie in der Gesellschaft.
Es geht irgendwie nicht. Ich mag halt nicht mehr. Wahrscheinlich sollte ich schlafen gehen. Ich bin seit gestern um 7 uhr in der Früh munter und jetzt ist es 13uhr am Folgetag. Verdammt war das wieder einmal eine lange Nacht. Dabei hatte ich nur eine ganz kleine Line Kokain; dafür aber ungefähr 7 Bier und einen Shot. Ekelhaft. So wie der ganze Abend; und alle miteinander; die dabei waren. Ich sag es ja nicht gerne, aber wir sind wirklich der singende, tanzende Abschaum der Welt. Was interessiert mich Rassismus. Kapitalismus. Sex. Gleichgeschlechtliche Liebe. Krieg. Internet. Pornos. Und alles andere was das Leben zu bieten hat an Abartigkeiten. Ich mein es

gibt so viel Krankes auf der Welt. Da komm ich mir richtig normal vor. Als wäre ich der einzige der so denkt..
Schon komisch.
Aber eines geht mir nicht aus dem Kopf gerade. Da kann ich sogar meinen Hass einen Moment vergessen. Ich bin depressiv. Und um so näher mein Geburtstag kommt, um so mehr werde ich es anscheinend. Geburtstag. Verdammt. Irgendwann hatte ich einmal den Plan, dass das das letzte Jahr wird. Aber ich will noch so viel. So viel erleben. So viele Flaschen trinken. So viele Frauen küssen. Warum auch nicht. Ich liebe die einfach Sachen im Leben. Sex, Drugs and Rock and Roll. Eigentlich nicht Rock and Roll; sondern Musik als ganzer. Das ist das Einfachste im meinen Leben - es macht Spaß und ich kann es mir immer besorgen. Wortwitz.
Naja, unter meiner ganzen Seltsamkeit, wie ich es nenne, ist ein ganz einfacher Mensch. Ich bin so leicht zu beschäftigen. Ich brauch den ganzen Dostojewskis scheiß und Shakespeare Mist nicht. Auch wenn ich sagen muss das ich es liebgewonnen habe. Es tröstet mich. Die richtigen Worte können Brücken seien. Brücken zu besseren Gefühlen. Zu einem Moment der Ganzheit. Der Akzeptanz.
Was ist so schlimm in meinem Leben, dass ich mir nicht erlaube zu fühlen. Warum erschaffe ich diese Leere in mir. Als Schutz. Als Schutz vor dem was da kommen kann. Also dieser Schmerz. Er ist so groß. Ich breche unter ihm langsam zusammen. Langsam. Immer mehr.
Naja, zum Glück gibt es Big Pharma, die mir das ganze etwas erträglich machen. Was würde ich

ohne Anti Depressivum machen. Haha; als wüsste ich das nicht. Leider würde es mir gar nicht so viel Spaß machen, wie ich immer dachte. Denn es ist ein aufdringlicher Gedanke. Ich kann ihm nicht entkommen. Er ist die ganze Zeit in meinem Kopf. Verdammt. Echt scheiße. Haha. Vielleicht sollte ich schlafen gehen. Aber eigentlich fand ich immer schon, dass Schlaf überbewertet wird. Haha. Nein, ganz im Ernst. Wenn ich nie wieder schlafen gehen müsste wäre es das Beste. Ich müsste nie träumen. Ich weiß ja nicht, wie das bei anderen Menschen ist. Aber ich habe von 7 Nächte in 5 Albträume. So, dass ich schweißgebadet aufwache. Verdammt. Echt komisch.

Naja, der ganz normale Wahnsinn. In mir und um mich herum. Jetzt bin ich wieder bei den ganzen anderen Idioten und nicht bei mir. Ich erlaube es mir einmal darüber nachzudenken, was alles so passiert, ist die letzten 36 Stunden, die ich munter bin.

Ich habe getrunken. Und nicht wenig. Aber mittlerweile trink ich zuhause Whisky und hab kein Problem damit einen oder mehrere zu trinken in Gesellschaft. Aber eigentlich mach ich das viel lieber allein. So wie alles andere auch. Haha. Ich hasse sie alle. Wie ich sie alle miteinander verabscheue. Einer ist zum Kotzen, der andere zum Brechen. Leider bin ich nicht viel besser. Was habe ich schon unter meinen ganzen aufgesetzten Phrasen. Nicht viel. Verdammt ist da wenig. Ich bin so gut wie nicht vorhanden.

Ich kann und werde keine Hilfe annehmen. Ich will mich ja gar nicht spüren. Ich habe so Angst, was da alles kommt. Ist ja nicht so als würde ich nie hin fühlen. Aber verdammt ist das viel. Das glaubt

mir ja keiner, wenn ich es ihm sage. Dass muss man den Leuten schon zeigen. Verdammt wie konnte ich das nur. Es zeigen. Es ist ein gutes Gefühl gesehen zu werden. Leider geht das nur wenn ich es will, und das verbiete ich mir echt oft. Dann rede ich irgendeinen Scheiß. Hauptsache abartig und beängstigend.
Verdammt ist mir manchmal fad. Ich drifte manchmal ganz in meine Welt. Dann bin ich auf einen anderen Stern und die Leute können nur das kleine Licht von mir sehen. Mehr gibt es auch nicht. Es ist ein kleines Licht. Aber weiß. Tief in mir weiß ich das irgendwo. Jetzt fühle ich mich… Gut gemacht jetzt haben wir die pure Angst vor dem was da kommt. Ich habe gerade keine Lust. Ist einfach keine sichere Umgebung.
Über was kann ich nachdenken. Sicher nicht über Selbst Mord. Aber ich habe es recht klug gemacht. Ich kann mich nicht ohne Waffe umbringen. Und bevor ich mir eine besorge, lass ich mich einweisen. Warum auch nicht. Verdammt ist mir doch egal. Wenn ich Bock habe. Warum nicht. Noch eine Runde. Dieses Mal aber halbwegs bei Sinnen. Dafür doppelt so depressiv. Naja, viel ist passiert. Ich kann mittlerweile echt viel. Warum sollte ich immer nur auf das schlechte schauen. Es gibt zum Glück viel Gutes. Eine Zigarette. Titten. Alles will ich und noch mehr. Ich bin so hungrig aufs Leben. Dass war ich immer schon. Ich wollte immer schon schnell leben. Leider hat es mich sehr alt gemacht. Während die andren einmal gerne feiern gehen. Feier ich jeden Tag.
Wer kann schon mit mir mithalten. Die wenigsten. Ich kann viel. Damit mein ich gutes für mich machen. Wie das schreiben. Es befreit. Mir geht so

viel im Kopf herum. Tausend Gedanken und einer mehr. Eh wie immer. Ist doch alles egal. Gedanken lügen meistens. Gefühle sind es die echt sind. Naja, und ich. Und ich habe keine. Jetzt bin ich wieder die Nulllinie.
Scheiß drauf. Ich bin nichts und wieder nichts. Und dass fühlt sich gut an. Haha. Fühlt. Was fühl ich schon außer Kälte. Naja, der Abend war ganz lustig. Dabei war es wieder so unnötig das Ganze. Es macht mich doch eh nicht glücklich. Ich vermisse die Zeiten als ich mich noch glücklich ficken konnte. Wenn nicht einmal das funktioniert, ist es echt schlimm um mich. Naja, ist ja nicht so als hätte ich es nicht gewusst. Hiermit entschuldige ich mich bei allen. Dafür, dass alles nur Fassade ist. Ich lache, um nicht zu weinen. Und manchmal um nicht zu kotzen.
Sorry dafür. Ich bin ein schrecklicher Mensch. Ach. Fertig machen sollte ich mich jetzt lieber nicht. Einfach weiterschreiben. Langer Abend war das. Verdammt sehr lange. Naja. Was solls. Nichts, was ich nicht schon hunderte Male erlebt hätte und dann auch noch extremer. Wie gesagt. Wer kann schon mithalten, wenn mich einmal der Teufel packt.
Leider ist von dem Abend nicht viel geblieben aus ein paar Erinnerungen für den Therapeuten in 10 Jahren. Haha. Ne eher nächste Woche.
War schon lustig muss ich sagen. Ja lustig. Lustig ist es auch wenn ich mich am Arsch kratze. Langweilig. Aber echt jetzt. Wie dumm sind die Leute. Haha. Ich könnte der König sein von ihnen. Leider will ich das gar nicht. Verdammt ich will nur schreiben. Denn ganzen Tag, bis ich sterbe. Ich will denken, denken und wieder überdenken.

Die Menschen. Echte Arschlöcher die meisten. Ja ich auch, aber ich pass mich nur an. Haha. Es ist mir doch schon so lange alles egal. Ich weiß nicht, ob das irgendwer verstehen kann. Damit mein ich. Jede Interaktion mit Menschen und wie sie mich sehen und wie ich mich sehe. Es ist mir egal. Einfach. Egal. Wenn ich will, zieh ich morgen nach Neuseeland und sag zu allen ein: fickt dich. Wer würde es mir schon übelnehmen. Es heißt immer der Schwarz. Dabei habe ich auch einen vornahmen. Die meisten wissen den gar nicht. Warum auch; bin ja nur ich.
Wenn interessiert es schon das ich einfach nichts fühle. Ich fühle nichts. Außer meine Finger, wenn sie die Tasten berühren. Komisch.

Es ist mir doch so egal wie anderen mich sehen. Es zählt sowieso nur meine Sicht. Das weiß ich.

Puh. Waren das anstrengende Stunden, die hinter mir liegen. Jetzt bin ich ausgebrannt. Naja, schlechter vergleich. Ein bisschen geht noch. Und morgen beginnt die neue Woche. Ist mir ziemlich egal. Ich frage mich eher wie es generell in diesem Jahr ausschauen wird. Wen werde ich kennen lernen. Niemanden. Was wird ich machen. Nichts Interessantes. Wann werde ich sterben. Wenn ich keinen Bock mehr hab.
Ich brauch eine Waffe. Damit ich mir dann, wenn es so weit ist mir den Schädel weg pusten kann. Wer schon gut so was Zuhause zu haben. Nein was rede ich denn da! Verdammt, so wie ich drauf bin hätte ich es wahrscheinlich schon gemacht. Davor wäre ich raus, auf die Straße gegangen, in den

Wald hinein, mit einer Flasche Whisky und würde auf Bäume und den Himmel schießen.
Naja. Vielleicht geh ich nächste Woche ins Krankhaus. Mal schauen..
Vielleicht zuck ich auch so aus, weil ich Geburtstag habe in ein paar Tagen. Ist immer eine komische Zeit. Geburtstag. Feiern. Ja aber warum eigentlich. Ich feier doch eh schon genug. Brauch ich da noch einen Grund dazu. Ich glaube nicht. Aber trotzdem habe ich ein paar Leute eingeladen. Meinen Bruder. Seinen besten Freund, S. und B.
Ahja und eine Freundin von der S.; ich frag mich, was sie will. Mich? Haha. Der war gut, oder? Kann ich mir nicht vorstellen. Irgendwie bin ich außerdem gerade nicht für eine feste Freundin. Aber leiwand ist sie. Sie hat so eine coole Art. Selten getroffen. Und ihr Blick. Für den könnte man töten. Wenn sie einen anschaut, ist das purer Sex. Blöd für sie, dass ich ein depressiver Schwanz bin. So kann das nichts werden mit uns.
Aber gerade kann ich mich wieder an den einfachen Sachen erfreuen. Musik hören. Ich habe eine große Auswahl auf meinen PC. Mit CDs sammeln habe ich aufgehört. Und mit Platten wollte ich irgendwie nie richtig beginnen. Was wäre das Leben ohne Musik.
Verdammt. Musik kann auch wütend machen. Es kann so viel. Verdammt. Ich könnte Flaschen gegen die Wände werfen und Pölster zerreißen. Mal so richtig auf Rockstar machen und ein Zimmer verwüsten. Verlasst euch darauf, das mach ich noch. Und es wird die Polizei kommen. Dann erzähl ich es euch aber auch. Nicht heute. Heute mach ich nicht mehr viel. Vielleicht noch ein bisschen an die Frauen in meinem Leben denken. Die

Freundinnen die ich habe. Die Liebes Geschichten, die hinter mir liegen und die die noch kommen werden. Vielleicht gibt es in dieser Geschichte ein Happy End. Ich bin zwar kein Fan; aber warum nicht. Klassisch.

2.

Frau. Was! Echt schwierig mit ihnen. Ich werde irgendwann schwul und so viele Schwänze lutschen. Einfach just for fun. Was soll ich nur mit den Frauen in meinem Leben anfangen. Keine Lust mit ihnen auch nur irgendwas zu machen. Immer diese sexuelle Spannung. Alles dreht sich um Sex. Keine Ahnung. Irgendwie langweilt mich das. Stress. Stress. Stress. Ich habe nur zwei Stunden geschlafen und man könnte glauben ich bin müde. Nicht wirklich! Ich bin ziemlich munter.
All diese Frauen! Warum gibt es so viele schöne von ihnen. Wirklich! Verdammt. Es gibt viele. Wie soll man jemals die Eine finden. Ich bin ein Verfechter der Theorie, dass zu jedem Ying auch ein Yang passt. Doch wie viele muss man treffen. Ist doch lächerlich. Es werden immer mehr. Und die Richtige war noch nicht dabei. Dabei hatten alle ihre Vorzüge. Da gab es die mit dem geilsten Arsch. Die mit den geilsten Titten. Die mit dem besten Musik Geschmack. Die mit den besten Freunden. Die, die fickte als gebe es keinen morgen. Die, die mehr trinkt als man selbst. Die mit den längsten Beinen. Die mit dem süßesten lachen. Die, die genauso depressiv ist wie man selbst. Die mit dem besten Blow Job.
Die letzte kam zweimal vor. Die Frau hat echt Titten und kann blasen. Verdammt, wenn ich heute noch daran denke, werde ich geil. Schlimm würde ich sagen.
Ich brauch andere Gedanken. Ich kann nicht die ganze Zeit an Sex denken. Vielleicht solle ich auch einmal zu den AA schauen. Naja, oder ich hör einfach auf damit. Eigentlich hatte ich immer das

Gefühl ich könnte, wenn ich nur wirklich wollen würde. Vor zwei Jahren war ich ganze 5 Monate nüchtern. Kein Alkohol, keine Drogen. Aber irgendwie war das ziemlich langweilig. Naja, wahrscheinlich wird es einfach nicht besser. Doch mich würde interessieren, wie ich so wirke auf die Leute, wenn ich ganz bei mir selbst bin. Ich befürchte dann können die Leute mich noch weniger leiden. Also im Moment glaub ich von mir, dass ich keinen bleibenden Eindruck hinterlasse. Ich bin wie ein Schatten. Er ist zwar da aber wie oft denkt man an ihn.
Naja, vielleicht sehe ich es auch falsch aber immer wieder fragen Leute: Wer war der eine letztens? Wie heißt der? Was, der war schon mal dabei? Was, wir waren an derselben Schule? Was, der hat mit meiner Ex auch was gehabt? Wie heißt der? Aha, noch nie gehört.
Warum erkennen mich die Leute auch nicht, wenn sie mich sehen. So anders schau ich auch nicht aus. Manchmal bin ich halt haariger, manchmal weniger. Bart und so.
Verdammt, bin ich so nichts sagend. Hinterlass ich so wirklich gar keinen Eindruck. Vielleicht kann ich nichts. Außer Party und Bullshit.
Eine frage habe ich: Kann man von hinten anfangen und sich nach vorne arbeiten. Jetzt mein ich gar nicht Sex. Sondern. Wenn ich auch nicht weiß, was ich will. Weiß ich doch sehr genau, was ich nicht will. Ich will nicht mehr zurück. Die Leute reden von der Vergangenheit und wie schön die gute alte Zeit war. Fickt euch. Ist doch langweilig. Schon passiert und die Erinnerung ist bei jedem etwas anderes. Redet man mit 10 Leuten über etwas was vor 10 Jahren war, bekommt man 10

Geschichten die voneinander mehr oder weniger abweichen. Wo liegt also die hundertprozentige Wahrheit. Im jetzt würde ich sagen. Doch die Zukunft ist das, wo ich hinschaue. Zu mindestens mit meinem dritten Auge. Den die anderen beiden sehen von allem nur die Vergangenheit. Licht. Physik und so.

Und was Frauen und Sex angeht. Weiß ich, ich will Sex. Und die meisten Frauen. Ja, viele von ihnen sind schön. Die Eine, die ich einst für die schönste hielt, ist jetzt die hässlichste. Also ihr Charakter. Der Körper ist Hammer. Das macht es auch so schwierig. Oder besser gesagt, das hat es so schwierig gemacht. Doch eines weiß ich. Sie will ich nicht mehr. Hatte ich schon. War nicht gut. Da kann ich noch so viel drum herumreden. Aber sie ist nicht die richtig. Wir hatten unsere Chance. Jetzt schau ich nicht mehr in die schönen alten Zeiten. Sondern in die Zukunft. Also lasst mich schnell leben, damit ich schnell in der Zukunft bin. Ich bin auf 180 und will alles verschlingen.

Lassen wir das lieber. Irgendwie bin ich auch so ein Stereotyp. Typisch Mann.

Als Mann sind Frauen schon ein großes Rätsel. Egal wie alt ich bin. Ich bin immer wieder überrascht, wie sich Frauen verhalten. Ihr Paarungsverhalten ist komisch. Warum können sie nicht einfach sagen, was sie wollen. Ich mach das doch auch. Oder?

Wahrscheinlich nicht. Naja, Einbildung ist auch eine Bildung, wie man so schön sagt.

3.

M. Lustiger Typ. Immer am schlecht reden über seine besten Freunde. Naja, war nicht immer so. Als er Schulsprecher war hatte er eine extra Zimmer in der Schule. Es war gleich neben einem Lehrer Zimmer. Aber man konnte es absperren. S., M., C. und K. spielten darin immer Karten. Sie gingen so oft nicht in den Unterricht. Für die Mädels war das kein Problem. Die Burschen hatte es schwieriger. Sie waren einfach schlechter bei den Prüfungen. Hin und wieder kamen B. und F. auch ich hinzu.
Oft war ich nicht dabei. Nicht, weil ich so brav in den Unterricht ging, sondern: Ich war wieder einmal mit L. zusammen. Und ich hatte viel mit Drogen, Saufen und eben L. ficken zu tun. Dann noch die Schule.
Ich war nicht gerade beliebt bei den Professoren. Keine Ahnung, was sie gegen mich hatte. Vielleicht, weil ich mein potenzial nicht ausschöpfte. Glaub ich zwar nicht, aber das hör ich immer wieder von allen Seiten. Naja, ich war in der vierten Klasse und es ging mir nicht gut. An einem Tag war es so schlimm, dass ich ins Direktorat ging und mir ein Abmelde Formular holte. Ich füllte es aus und es fehlte nur noch meine Unterschrift. Ich schaute auf den Zettel. Ging wie wild auf und ab. Und klopfte mir an den Kopf. Immer fester. Ich war so wütend. Auf alles und jeden. Und ich dachte ich würde es keinen Tag weiter aushalten an dieser Schule.
Ich zerriss den Zettel. Ging in meine Lieblingsbar und bestellte mir ein Bier. Der Schultag war für mich gelaufen, aber ich ging am nächsten Tag wieder hin. Genervt. Wie jeden Tag. Aber ich verließ

die Schule einfach, wenn es mir nicht mehr passte. Bevor ich ganz auszuckte. Zweimal habe ich den Unterricht verlassen, während der Lehrer seine Reden hielt. Wiederholung über Wiederholung. Ich sagte ihm: ich geh jetzt. Und als er mich fragt warum. Sagte ich private Gründe. Und ging. Er trug mich aus und es schien kein größeres Problem zu sein. Den restlich tag verbrachte ich Musik hörend und kiffend.
Wenn ich nicht allein sein konnte und L. gerade im Unterricht war, ging ich zu den anderen ins Kammerl, Karten spielen.
S. war die Beste. Ist sie immer noch. Von der ganzen Gruppe ist sie mir die Liebste. Beim Karten spielen tuschelten wir immer miteinander und halfen uns gegenseitig. Meistens gewann S. . Es war lustig zu sehen wie sich die anderen über uns aufregten. Aber es war generell ein Spiel zum Ärgern. Wie beschimpften uns und lachten zusammen. Es war eine gute Zeit. Besonderes wenn ich nicht allein sein wollte. Und die vier waren immer dort. Manchmal traf man auch eben andere. So konnte man ein paar Leute kennenlernen.
In der vierten Klasse waren wir nicht mehr zusammen in einer Klasse. Ich bin in einen anderen Zweig gegangen. S., K., C. und M. waren in einer Klasse. So war es auch nicht weiter verwunderlich, dass sie oft miteinander schwänzten.
Das Kammerl schaute genauso aus wie M. Zimmer bei seiner Mutter. Überall lag der Müll herum und man konnte gar nichts anderes als auch seinen Müll auf den Boden zu schmeißen. Keiner machte sich die Mühe aufzuräumen. Eben wie in seinem

Zimmer. Bei M. Zuhause war es sauber aber dann kam man in sein Zimmer auf den Dachboden und man musste Angst haben irgendwo kleben zu bleiben. Dazu kam, dass wir in seinem Zimmer rauchten. Wir waren manchmal zu viert dort oben und spielten Egoshooter. M., F. und ich. Manchmal war auch M. Freundin dabei. Diese war auch Raucherin. Verdammt, war es verraucht auf dem Dachboden.
In der schule war M. anderes. Man durfte bei ihm im Schulsprecherkammerl nicht rauchen. Des Öfteren nervten F. und ich deswegen. Aber er blieb dabei. Wir durften nicht rauchen. Nicht einmal ganz leise. Er fand den Spruch irgendwann nicht mehr lustig. Leise rauchen.
Bei ihm Zuhause am Dachboden. Aßen wir Pizza. Tranken Bier und Energy Drinks. Rauchten Kette und zockten. Wunderbare Zeiten. Es gab nur mich, meinen fetten Arsch und den PC.
An einem Abend rauchte ich drei Packerl Zigaretten. Dann ging ich kotzen. Ich fühlte mich wie vergiftet. War ich ja auch. Ich ging den Weg hinauf zum Dachboden, nachdem ich unten das Klo aufgesucht hatte. Oben angekommen setzte ich mich zu meinen PC und war bereit für das nächste Gefecht.
Meistens fuhren wir an solchen Wochenenden total übermüdet nach Hause. Wir hatten schließlich keine Zeit zum Schlafen. Wir mussten zocken. Ich weiß noch wie F. und ich nach einem solchem Abend in der Früh nach Hause gefahren sind. Er war so übermüdet, wollte aber wie ich, erst Zuhause schlafen. Ihm fielen immer wieder die Augen zu. Er erzählte mir er hätte vor seinem inneren Auge immer noch die Waffe in der Hand.

Es war freaky. Auf jeden Fall war er so müde, dass er bei einer viel befahrenen Straße eine kleine Pause einlege. Es war rot und wir mussten warten. Er schloss die Augen und fing an leicht nach vorne zu kippen. Ich konnte ihn auffangen genau in dem Moment als ein Auto bei uns vorbeifuhr.
Wir schafften es unbeschadet nach Hause. In der U-Bahn schliefen wir beide. Vielleicht, ich nur so halb. Aber mir ging es eigentlich nichts anderes als F. . Auch ich hätte vor Mündlichkeit vor ein Auto kippen können. Machte ich aber nicht.
F. war mindestens genau so lustig wie M. . Vielleicht verbrachte ich deswegen so viel Zeit mit ihnen. Oder weil sie tranken. Zu mindestens F., wie ein Loch.
F. hatte einmal eine Freundin. Auch wenn er sie nie so genannt hatte. Sie war verliebt und er war, irgendwie schüchtern. Als sie ihn dann einlud zu sich auf was auch immer. Fernsehen. Trinken. Auf jeden Fall wollte sie ficken. Er trank drei schnelle Bier hintereinander. Schaute in zwei Richtungen gleichzeitig und erklärte mir er würde sie jetzt vögeln gehen. Warum auch nicht. Ich fuhr daweil zu M. nach Hause und erzählte den anderen wo F. abgeblieben sei. Eigentlich sollten wir gemeinsam auftauchen bei M. . Er kam, dann auch irgendwann auf die Party. Und alle machten das große Tamtam darum. Er war keine Jungfrau mehr. Also bei mir hätte ich mir auch etwas Applaus gewünscht. Naja, Leben sind unterschiedlich. Dafür war ich vier Jahre früher dran als er.

4.

Wenn der Arzt dich fragt: was liegt dir auf dem Herzen; könnte ich anfangen wie ein Wasserfall zu reden. Aber nur an guten Tagen. An den anderen reagiere ich kaum. Ein auf und ab. Mal so, mal so. Naja, es geht doch eh allen so. Ich bin doch nicht der Einzige der krank ist. Verdammt. Hab ihr schon in den Spiegel geschaut?
Ich hatte heute nach Jahren wieder ein Vorstellungsgespräch. Verdammt. Es war echt cool, wie es zu diesem Gespräch gekommen ist. Ich traf auf einer Party eine alte Schulkollegin. Wir redeten und ich weiß gar nicht warum sie mir zugehört hatte. Ich war betrunken. Auf dem Level, dem ich war, konnte ich zwar noch stehen, aber ich redete einfach zu viel Blödsinn. Vielleicht kommt es mir einfach im betrunkenen Zustand immer, wie Blödsinn vor was einer redet. Also ich am meisten. Egal. Nevermind.
Die alte Schulkollegin war sehr nett zu mir. Sie schrieb mir ein paar Tage danach, dass bei ihr im Labor eine Stelle frei geworden ist. Und ja so kommt man zu einem Vorstellungsgespräch. Aber es wird wohl nichts werden. Nicht weil ich als Chemiker schlecht wäre. Sondern... verdammt. Da nimmt man sich einmal einen Urlaub in der Psychiatrie und schon ist man stigmatisiert für den Rest seines Lebens. Irgendwie scheiße.
Vielleicht gebe ich auch nur allen anderen die Schuld. Aber ich bin halt auch nur ein Mensch. Und mir geht es nicht immer gut. Doch ich weiß, wie ich mich wieder zum Lachen bringe. Es sind die kleinen Sachen. Ein Rätsel lösen. Ein Buch

lesen. Musikhören. Und manchmal... Analsex. Drogen und ein Bass Solo.
Danach habe ich Madam L. angerufen. Es soll mich bitte keiner fragen: warum. Es ist so sinnlos. Zum Glück bekomme ich es mit. Schlimm, wenn ich noch Lust auf sie hätte. Sie ist so hässlich innerlich. Und sie sieht mich sicher auch so. Schließlich kennen wir uns. Wir wissen ganz genau wie hässlich der andere ist. Wir hatten eine sagen wir mal intensive Beziehung. Vielleicht lag es auch nur an mir. Die Frau machte mich drauf wie drei Pferde auf Crack.
Aber das ist lang her. Ich bin doch schon seit vier Jahren ausgebrannt. Sehr selten, dass das Licht aufflackert. Aber das sehe ich wahrscheinlich auch wieder falsch sowie den Rest, über den ich nachdenke. Schließlich höre ich hofft Sachen wie: du hast aber gute Laune heute. Dein Leben ist schön. Ich beneide dich. Du bist der coole Punk. Du bist immer so selbstbewusst. Du lächelst so oft. Bin ich der Einzige, der das alles anderes sieht. Ja ich habe auch gute Tage. Wahrscheinlich. Aber ich lebe nicht wirklich. Das kann man jetzt nicht genauer erklären. Ich bin halb Zombie. Halb Giftler. Nonsens.
Warum ich sie angerufen habe. Ich bin der Beste ich bin der Beste. Ja ich habe sie angerufen. Wie dumm bin ich eigentlich. Oh, alles wird zum Genuss, wenn man es zu oft macht. Auch der Schmerz. Irgendwann ist man total abgestumpft. Man erzeugt absichtlich Leid damit man auch nur irgendwas noch spüren kann. Glück zählt nicht. Danach bin ich nicht süchtig. Ich will leiden. Mehr als ihr alle. Ich meine es ernst. Ja der Schmerz ist mein Freund. Der hat immer Zeit. Leider müssen

mittlerweile die Niederlagen immer größer werden. Aber ja ich habe Spaß daran. Paradox. Schmerz und Lust sind stark verbunden. Komische wie das Leben rennt.
Ich habe sie angerufen. Weil sie mir wichtig ist. Egal was ich alles sage und egal was ich noch sagen werde. Sie ist mir wichtig. Mehr ist es auch nicht. Es gibt einfach wenige Figuren auf einem Schachbrett. Und sie ist nicht mehr die Dame. Wäre auch egal, weil ich sicher nicht der König bin. Aber sie ist sicher nicht ein Bauer, den ich hergebe. Sie ist wie ein Pferd. Selten und einzigartig.
Nur liebe kann ich sie nicht. Bewundern. Ja. Eigentlich war das ganze Gespräch die reinste Lachnummer. Vielleicht sieht sie es auch so. Dann werden wir das auch so schnell nicht mehr wiederholen. Und irgendwann ganz lassen.
Wir werden uns in 20 Jahren wieder sehen. Es wird ein kurzes Treffen sein. Eigentlich nur ein Blick. Wahrscheinlich in einer Galerie. Und wir werden mit unserem jeweiligen Partner dort sein. Vielleicht auch Kinder im Schlepptau. Dann werden wir uns sehen und nach einem kurzen Moment des Zweifels, werden wir uns erkennen und auch wissen, dass es uns gut geht. Wir hatten es beide geschafft.
Das ist mein Wunsch für uns beide.
Sex will ich sicher auch nicht mehr mit ihr. Sie lässt sich halt nicht so ficken wie ich das will. Immer ging es nach ihrer, sagen wir Mal, Nase.
Ich habe gerade ein Mädel kennen gelernt. Naja, das trifft es nicht. Eine Frau. Den das ist sie. Oder eine Dame. Jetzt rede ich nicht über Schach.

Sie ist verdammt cool. Sie hat einen Blick, der sagt: bitte fick mich hart. Echt geil. Und clever ist sie auch. Geld hat sie auch. Sie ist kein Opfer. Hat Freunde. Ein geregeltes Leben. Bei ihr scheint es gut zu laufen. Aber sie hat glaub ich auch harte Zeiten hinter sich. Deswegen verstehen wir uns, glaub ich gut. Oder sagen wir mal wir wissen wie verletzlich der andere ist und sind besonderes lieb. So gerne würde ich jetzt ein Smile daneben machen. Falls du das liest. Du bist authentisch. Sehr sympathisch.
Egal...
Mal schauen, wie es mit uns laufen wird. Wahrscheinlich wirst du das erst Jahre nach heute lesen. Ich werde das nicht so schnell veröffentlich. Ich will wohl noch ein paar andere Sachen schreiben. Ich habe ein paar gute Kurzgeschichten im Kopf. Die müssen da raus. Die werde ich veröffentlich. Den Blödsinn nicht. Den werden sie höchstens als Papierstoß auf meinem Schreibtisch finden mit ein paar Blutspritzer drauf. Klischee. Ich bin aber guter Dinge. Ich habe schon lange niemanden mehr getroffen. Jetzt nimmst du eine spezielle Stellung ein in meinem Leben. Ich vergesse die Menschen nicht, die ich in meinem Leben treffe. Ich kenn sie alle noch. Auf die eine oder andere Weise. Ich hoffe sehr, dass ich dich gut kennen lerne. Damit ich dein Inneres sehe und ich hoffentlich auf einen Blumengarten blicke. Vielleicht würde bei mir auch wieder was wachsen. Vielleicht kannst du mir das schenken. Vielleicht verlang ich zu viel. Vielleicht bin ich der Mund, die Zunge und die Zähne eines Monsters.
Vielleicht, aber nur vielleicht, bin ich auch betrunken. Ich liebe es dahin zu schwimmen in

einem See aus Alkohol. Mein Kopf wird schwer und ich vergesse für einen Moment meine Sorgen. Werde ich den Job bekommen. Werde ich die Dame bekommen? Werden das hier, andere lesen und sich auch traurig fühlen. Werden sie Musik hören und rauchen. Dann weinen und dann schreiben. Leider bin ich zum Weinen viel zu krank..
Für mich gibt es das alles nicht. Ich bleibe allein, solange ich die Türen nicht öffne. Und ich bete zu Gott. Warum nur? Weil es mein letzter Ausweg ist. In zu fragen: ist das Leben gut. Kann meines das auch sein. Werde ich glücklich sein?
Ich kann das, wenn man mich im richtigen Moment fragt. Im falschen werde ich immer von Selbstmord reden. Warum auch nicht?! Es gibt kein Tabu Thema. Ich will über Mord, Selbstmörder, Vergewaltigung und Nekrophilie reden. Das alles sind menschliche Sachen.
Aber im richtigen Moment, sehe ich sehr wohl, wie schön die Welt ist. Da brauch ich das ganze Leid nicht, welches ich erzeuge. Da brauch ich nur mich und die Musik. Nur mich und meinen Bruder. Nur mich und die richtige Dame.
Die Welt ist so schön und wertvoll, dass man um sie kämpf. Warum sich also erschießen. Madam L. glaub sowieso nicht, dass ich das hinbekomme. Also meiner Meinung nach wird mit einer Schrotflinte der ganze Hinterkopf weggerissen, wenn ich sie mir in den Mund stecke. Und wenn nicht. Dann verblute ich. Schließlich wird die Tür nicht offen sein. Ich werde da sicher eine Stunde liege bevor die reinkommen und meine Leiche finden. Ich werde Musik aufdrehen. Mittellaut. Gerade so dass man den Schuss nicht so laut hört. Ich werde sicher verbluten. Und wenn diese

Wichser mich am Leben erhalten. Töte ich sie alle. Ja, da liegt der Hund begraben. Ich lass mir doch nicht sagen, wie lang ich leben soll. Wenn Schluss ist, ist Schluss. Ich kann das selbst bestimmen. Warum sollte es sonst Waffen geben. Sicher nicht um andere zu töten und um sich zu beschützen, auch nicht. Sondern um sich das Gehirn wegzublasen. Es wir einen riesigen Fleck oben auf der Decke machen. Der nächste Mieter muss damit leben, dass sich einer umgebracht hat in der Wohnung.
Naja, ich werde damit noch etwas warten. Ich könnte noch etwas schreiben und vielleicht mag es ja irgendwer. Vielleicht spüren sie dasselbe wie ich, wenn ich diese Zeilen schreibe. Wahrscheinlich nicht. Aber einer oder zwei werden wissen, was ich meine und nur für euch schreibe ich den Scheiß. Natürlich auch für mich. Natürlich auch für Geld. Natürlich auch für Ruhm. Natürlich auch für den Scheiß der in meinem Kopf ist und raus will..

5. A

Gestern war ein interessanter Abend. Eigentlich ein sehr guter Tag. Ich habe viele gute Tage in letzter Zeit. Angefangen hat es mit einem Frühstück mit meiner Mutter. Danach sind wir spazieren gegangen und haben viel geredet über Gott und die Welt. Danach ein kleines Schläfchen und dann etwas Schreiberei. Zum krönenden Abschluss war ich noch auf einem Konzert. Mit meiner Ex Freundin. Manche mögen glauben ich bin dumm. Nein! Nur ein Schwein. Warum bin ich überhaupt mitgegangen mit ihr. Warum habe ich ihr überhaupt geschrieben.
Ich wird es euch sagen. Es müssen noch ein paar Sachen geklärt werden zwischen uns. Sachen die ich nicht vergessen kann. Sachen die mich belasten. Also habe ich mich angetrunken mit dem versauten Gedanken sie und gleichzeitig ihre echt scharfe Freundin zu vögeln. Aber nein. So was mach ich eh nicht. Auch wenn ich den Gedanken hatte. Nein! Warum sollte ich. Wir sind so lange schon kein Paar mehr.
Auf jeden Fall haben wir uns in der Stadt getroffen zu dritt und sind dann auf ein Konzert gefahren. Es war klein und fein. Danach wollten die Mädels tanzen gehen und ich ging mit. Nicht weil ich sie ficken wollte, sondern weil ich ein paar Sachen ansprechen wollte. Um genau zu sein ging es um die einstweilige Verfügung von ihr gegen mich. Ja so weit ist es gekommen zwischen uns. Schlimm. Wie genau es dazu gekommen ist, ist gar nicht so wichtig. Den das alles ist keine Entschuldigung. Ich habe dieser Familie einen Schrecken eingejagt. Was sie nicht wissen, ist, dass es mir wohl am

meisten auch einen Schrecken eingejagt hat. Ist jetzt vielleicht etwas kompliziert alles zu erklären. Aber wir haben am gestrigen Abend viel geredet. Soweit es möglich ist nach drei Bier und bei lauter Musik.
Ich habe meinen Therapeuten gefragt, ob es okay sei einen Brief zu schreiben an die Familie. Er sagt ja. Also schrieb ich den Brief. Und habe so gut wie möglich versucht der Familie von L. zu erklären, wie es dazu kommen konnte. Ich habe ihn aber nie abgeschickt, weil ich mich schäme.
Nur zur Wiederholung für die Familie: ja, es tut mir leid. Ich war krank! Sehr sogar. Psychotisch für die die sich etwas in der Psychiatrie auskennen. Sehr psychotisch. Ich hatte einen Schuldwahn.
Warum hatte ich den. Ich kann es euch sagen. Es liegt viele Jahre zurück. Ich hatte L. eine Bierdose an die Schulter geworfen. Das war das Einzige Mal, dass ich gegen eine Frau die Hand erhoben habe. So was ist unverzeihlich. Ich kann es nicht vergessen. Ich war so voller Wut. Diese eine Frau löst in mir Gefühle aus, die einfach stark sind. So stark, dass sie mir manchmal Angst machen. Auf jedenfalls ist es wohl so, dass der kranke Geist viel machen kann aus kleinen Erlebnissen. Ich habe ihr das gestern erzählt. Sie wusste es nicht einmal mehr. Sie konnte sich an die Bierdose, mit der ich sie abgeschossen hatte aus Wut und Verzweiflung, nicht erinnern. So spielt das Leben. Sie vergisst es und ich renne Jahre mit Schuldgefühlen herum. Scheiß Kopf.
Sie hat mir gestern gesagt ich soll die Sachen vergessen. Sie sei nicht böse. Schön für sie. Ich kann aber nicht so leicht vergessen. Ich hatte noch nie das Bedürfnis einer Frau wehzutun und

eigentlich hatte ich es an diesem Abend auch nicht. Ich war nur wütend und verzweifelt. Ich kann nicht mehr genau sagen, warum ich so grantig war. Aber ich weiß, was ich getan hatte aus meiner Wut heraus. Das ist nicht vergessen zu machen für mich. Und alles, was danach, viele Jahre danach noch kam war auch nicht okay. Natürlich war ich krank. Aber die einstweilige Verfügung hatte eine Wirkung auf mich. Ich wusste zwar in dem ersten Moment nicht genau, was das sollte. Aber meine Mutter hat mich daran erinnert, was ich getan hatte. Es war eine Dummheit. Aber in der Psychose fühlt man, hört man, und sieht Sachen einfach anders. Ja so war das; ich war krank. Vielleicht bin ich es immer noch. Vielleicht werde ich es immer sein. Und wahrscheinlich werde ich nie darüber hinweg kommen, was ich gesagt hatte damals und weswegen die einstweilige Verfügung auch seine Berechtigung hatte. Es tut mir leid. Mehr kann ich dazu nicht mehr sagen. Wir hatten gestern darüber geredet. Und danke dafür! Es war einfach ein Thema was noch angesprochen gehörte. Und ich werde noch oft darüber reden. Nicht mit ihr. Nicht mit der Familie. Sondern mit meinem Psychiater.
Doch auch wenn ich eigentlich nicht weg gehen wollte, gestern war es ein guter Abend. Meine Stimmung war etwas gedrückt zum Schluss also ging ich um 3 Uhr in der Früh. Aber ich musste mich mit ihr treffen. Wie sollte ich sonst je darüber hinwegkommen. Hinwegkommen über die Frau die ich heiraten wollte. Hinwegkommen darüber, dass ich Kinder mit ihr wollte. Hinwegkommen darüber, dass ich mich eingebildet habe ich würde sie umgebracht.

Ich habe in der Psychose so viele Sachen gesehen gehört und gefühlt die nicht da waren. Und ja ich bin zur Polizei gegangen und wollte mich stellen. Ich konnte mit dieser Schuld nicht leben. Die Stimmen hatten es mir fleißig immer wieder eingeredet. Scheiß Situation.
Vielleicht werde ich irgendwann darüber lachen. Aber eigentlich weine ich jeden Abend, weil ich mich wie der letzte Arsch fühle. Wahrscheinlich bin ich es auch. Schließlich sind es die eigenen Gedanken, die man hört. Nur etwas entfremdet. Doch ich kann nicht einmal einen Fisch töten. Wie sollte ich einen Menschen etwas antuen. Ich würde nie und könnte auch nicht damit leben. Deswegen war es auch damals der einzige Weg für mich der logisch war, alles zu beichten. Wer hätte ahnen können, dass ich mir das alles nur eingebildet habe. Schuldwahn. Und ja es ging in Wirklichkeit darum, dass ich einmal an einen Abend als wir noch nicht lange ein Paar waren eine Bierdose nach ihr geworfen hatte. So bin ich nicht. Aber ja ich habe es getan. Damals und dann auch viele Jahre später. Ich habe mich schuldig gemacht. Wie soll ich damit leben.
Naja, ich habe versucht darüber zu reden. Vielleicht gar nicht damit sie es weiß. Sondern einfach aus dem Grund, um darüber zu reden. Es belastet mich sehr. Diese eine Frau hat in mir immer starke Gefühle geweckt. Vielleicht bin ich nicht nur verrückt und ein Verrückter, sondern auch verrückt nach ihr. Doch das war es. Es gibt uns zwei nicht mehr. Wir sind kein Paar. Und werden es nie wieder sein. Das will ich nicht. Auch wenn ein Teil von mir diese Frau noch immer gerne als die Mutter meiner Kinder sieht. Dabei will sie

nicht einmal Kinder und sicher schon gar nicht mit mir. Wie sollte sie auch. Wir waren ein fürchterliches Paar. Wir haben uns nie respektiert, wie wir waren. Sie wollte mich immer ändern und ich war immer wütend auf sie, weil sie so ist wie sie nun mal ist. Keine guten Voraussetzungen. Als ich ihr das gestern gesagt habe gab sie mir recht. Ich habe mich, dass erste Mal verstanden, gefühlt. Somit muss auch sie einsehen, dass wir nicht zusammengehören. Egal wie sehr ich sie liebe oder besser egal wie sehr ich sie geliebt habe. Sie tut mir nicht gut. Und ich ihr auch nicht.

5. B

Als ich mich mit meinem Vater traf war es schon eine komische Sache. Ich weiß gar nicht wie oft das Wort verrück, wahnsinniger oder einen Vogel haben, gefallen sind. Wahrscheinlich beziehe ich es zu sehr auf mich, denn im Grunde war ich nicht damit gemeint. Auch wenn er mich bei der Betonung der Wörter immer wieder anschaute. So ist das halt in einem Gespräch. Man schaut sich hin und wieder an..
Doch der Blick.. mein Vater ist ein Arsch und er kann mich mal am Arsch lecken.
Er ist es mir gerade nicht einmal wert weiter darüber zu schreiben. Vielleicht komm ich später noch dazu. Auf eine nett Formulierte Beleidigung.

ST. Patricks Day 2017
Es war ein langer Tag dieser grüne Kleeblatt-Tag. Es war Freitag und ich ging in die Arbeit. Ich hatte nach langem Suchen einmal Glück gehabt. Ich liebe meinen neuen Job. Die Atmosphäre ist bezaubernd und immer wieder neu. Man kann so viel sehen in der Wissenschaft.
Ich arbeite seit neuestem in einem Umwelt Labor. In der Organik Abteilung. Es macht sehr viel Spaß und ich werde irgendwann mehr davon erzählen. Wie gesagt es war ein Sauf-Tag. Keine Ahnung warum, aber ich traf mich mit zwei ex Freundinnen gleichzeitig. Bin ich dumm?! Ja scheint so würden viele sagen und auch ich jetzt gerade aber man(n) kann doch viel aufprobieren. Eigentlich glaub ich, dass ich nichts bewirken wollte. Ich wollte nur nicht allein sein. Das Schreiben gab mir in letzter Zeit wenig Trost und auch die Arbeit war

anstrengend. Dann noch mein Vater und dann noch mein Bruder. Naja, irgendwie war es schon alles sehr komisch in letzter Zeit. So viele Entscheidungen gehören getroffen..
Nach der Arbeit und nach dem Gespräch mit meinem Therapeuten ging es mir eigentlich nicht besser. Ich versuchte trotzdem die Pläne, die ich gemacht hatte durchzuziehen. L. treffen, S. treffen und dann noch mit einem Mädel streiten, die ganz interessant scheint.
Streiten wäre zu viel gesagt. Ich habe sie vor kurzem kennen gelernt. Ich wollte eigentlich nur wissen, ob sie mehr aus dem Machen wollte zwischen uns als diese betrunken treffen einmal im Monat. Keine Ahnung. Betrunken sein macht mir zwar spaß, aber ich wollte sie halt nüchtern kennenlernen. Vielleicht wäre es dazu eh noch gekommen, aber ich wollte es jetzt wissen. Warum auch nicht. Ich muss etwas Tempo machen. Die Zeit ist ein Hund.
Werde ihr sicher noch einmal schreiben wenn mir etwas Gutes einfällt. Dann bliebe da noch das Trinken mit meinem beiden Exen. Die eine will mir ihren Freund vorstellen; die andere will mir erzählen, dass sie seit 4 Jahren einen Freund hat. Das hört sich jetzt erst einmal komisch an aber ja so war das. S. stellte mir M. vor. Und L. erzählte mir von S. .
Was soll ich von so einem treffen halten. Kann man nicht einmal in Ruhe nach einer langen Arbeitswoche ein Bier trinken, ohne mit so einem Shit bombardiert zu werden. Frauen! Warum treffen die sich überhaupt mit mir. Ich finde ja sie sollten alle verschwinden, nachdem wir sex hatten, wenn entweder ich oder sie Schluss machen. Aber

das hier. Immer wieder seine Exen treffen. Irgendwie kann das nicht viel. Es gibt mir nichts mehr. Ich sollte das viel langsamer angehen. Manchmal liegt in der Ruhe die Kraft. Doch viele Situationen können schwierig sein und eigentlich handeln erfordern. Alles tun, um sich selbst zu schützen. Nichts Krankes. Das kenn ich zu gut; sondern ein Gespräch. Ein Brief. Ein Anruf. Distanz wahren dort, wo sie angebracht ist.
Das Bier war hervorragend. Nur leider nicht grün. Ist das etwa zu viel verlangt am St. Patricks Day. Naja, geschmeckt hat es. Und mit dem Taxi bin ich auch nach Hause gefahren. Wäre sonst schon viel früher gegangen aber der neue Freund M. von S. erklärte mir eine Taxi App, die er hatte und wollte mich auf die Fahrt einladen. Ich nahm das Taxi an und blieb halt noch 2 Stunden länger. Ich hätte fahren sollen.

6.

Warum ich immer Home Sweet Home nach so einem Abend schreibe, wenn ich Zuhause ankomme. Weil ich glücklich bin. Und fasziniert. Ich kann es einfach nicht glauben, dass so eine Person in meinem Leben war. Und noch immer ist. Auch wenn sich manche Sachen ändern und andere halt nicht. Wie abgedroschen bitte bin ich! Naja..
Sonst würde ich sagen die Arbeit läuft gut. Auch wenn ich etwas faul bin. Ich muss mal wieder Gas geben. Nicht nur mit Schreiben sondern auch in meinem Job. Verdammt ich arbeite in einem Labor. Wie geil ist denn das bitte! Es läuft. Wie dumm bitte ist der Spruch. Ja Mann! Lol!
Die Leute sollten mehr lachen. Dass tut wirklich gut. Einfach mal loslachen. Ist ja nicht so als würde ich ihnen nicht genug Gründe liefern. Ich find es gut; bitte nicht falsch verstehen. Alles für den Style und alles für die Maske. Ich werde nie aufhören dieses Leben zu leben; bis zum Anschlag. Warum auch nicht? In Zeiten wie diesen sollte man einfach mal leben. Natürlich nicht die Ruhe-Zeiten vergessen. Manche Sachen müssen halt sein. Verdammt die letzte Woche ist in London ein Terroranschlag verübt worden. Was soll der Blödsinn eigentlich. Schwieriges Thema. Die Sieger schreiben die Geschichte. Achtung Narzissmus Alarm. Lol!
Bitte das Lachen nicht vergessen.
Ich bin doch nicht deppat. Nur etwas lustig veranlagt. Humor und so.
Warum können manche nicht lachen. Egal was man ihnen gibt. Fehlt die Liebe. Wahrscheinlich.

Aber vielleicht liegt im Spaß die Liebe. Verdammt was rede ich nur für Blödsinn. Keine Ahnung, ob das hier wer versteht. Vielleicht sogar ich selbst nicht. Aber ich liebe es. Bitte nicht falsch verstehen lieber Leser. Ich liebe die Lust auf mehr. Spaß. Meine Mutter. Meinen Bruder und meine Schwestern. Sogar meinen Vater liebe ich. Sie liebe ich nicht mehr.
Muss man so akzeptieren. Manchmal ist es halt so. Das kann weh tun eine Zeitlang, aber dann geht es weiter und man kann wieder leben. Verdammt. Macht das Sinn?
Vielleicht sollte ich von Anfang an erzählen. In der Arbeit gibt viele Menschen. Manche Charaktere sind lustig andere eher ernst. Andere wieder etwas exzentrisch. Andere wieder depressiv.
Und bitte nicht den bipolaren vergessen.
Das ist glaub ich nicht der Anfang. Oder einer von vielen, wie man es halt sehen will. Schluss jetzt! Die Arbeit. Ja die Arbeit im Labor. Es macht Spaß. Sag ich das zu oft oder sag ich gar nichts. Egal.. Schluss jetzt! Eines ist sicher (noch so eine dumme Phrase) ich kann glücklich sein und viel dazu brauch ich echt nicht. Ich bin halt sehr begnügsam. Manchmal halt.
Wieder abgekommen vom Thema. Ich kann halt nicht über die Arbeit viel schreiben. Und über die Leute kann ich auch nicht viel sagen. Einfach weil ich noch zu kurz dort bin. Natürlich habe ich zu allein eine Meinung. Aber ich bleib fürs erst damit alleine. Und werde mir die Sachen noch gut überlegen. Wie lange ich das machen will und ob es nicht gescheiter ist nach drei Jahren von dort wegzugehen und sich etwas anderes zu suchen. Das kann ich auch morgen entscheiden. Jetzt

brauch ich Ruhe von der Arbeit und ich will gar nicht viel darüber reden. Es ist einfach sehr viel. Viele Menschen und man sollte sich Ruhe gönnen. Die nächsten vier Tage habe ich frei und ich werde es mir gut gehen lassen. Nicht viel machen und wahrscheinlich auch keinen Alkohol mehr trinken. Ist doch ein guter Plan? Schau ich aus als würde ich Pläne machen.
Eigentlich nehme ich es so wie es kommt. Und bin der absoluten Meinung ich kann nichts und ich meine nichts. Beeinflussen. Außer meine Taten. Für die bin ich verantwortlich. Gut zu wissen.
Bin ich abgefuckt. Bin ich das? Ich glaub schon. Verdammt so Trieb gesteuert und so leidend manchmal. Lasst mich doch alle allein. Manchmal. Und andere Male; lasst mich bitte nicht hängen. Ist das zu doppeldeutig. Wer sich das jetzt auch gedacht hat, sollte sich schämen. Lol. Dummer Spruch.
Ich kann einfach nicht anderes als mich immer wieder um das wichtige Thema herum zu bewegen. In Kreisen. Ich berühre es nie. Fast nie. Lol! Schluss jetzt damit. Es wird nicht lustiger. Es ist schon das Maß erreicht, bei dem es wieder Berg abgeht. Besonderes mit der Stimmung.
Lass wir es gut sein, für sagen wir drei Stunden und machen etwas die Augen zu. Wenn frag ich da bitte. Lol! Nacht!

7.

So.. viele Jahre sind vergangen, seit der Psychiatrie. Mit hunderten Ärzten habe ich gesprochen. Die konnten mir auch keine Diagnose geben. Zumindest keine die ich annehmen kann. Ein gewisses Suchtverhalten habe ich auf jeden Fall. Ich bin gerade die Wohnung auf und ab gegangen und habe nach Gras gesucht. Irgendwo musste ich doch noch einen Vorrat haben. Nichts. Ich habe nichts gefunden.

Ich habe so gut wie nichts mehr Zuhause. Wo sind die guten alten Zeiten hin wo ich mindestens fünf verschiedene Drogen in rauen Mengen Zuhause hatte.

Keine Ahnung. Manches ändert sich halt doch. Ich habe eine Frau kennen gelernt. Mittlerweile arbeite ich. Leider nicht als Schriftsteller. Das will ja auch keiner lesen; sondern als chemisch techn. Assistent. Ich überlege sogar wieder auf die Uni zu gehen. Wie dumm bin ich eigentlich. Oder besser gesagt, wie Titel geil bin ich. Sehr!!!! Ja, würde man vielleicht gar nicht glauben, aber ich bin mir sicher ich würde einen großen Selbstvertrauen Schub bekommen, wenn ich einen akademischen Abschluss habe. In zwei ein halb Jahren bekomm ich meinen Ingenieur. Auch nicht schlecht. Zu mindestens irgendwas in der Hand.

Vor 10 Minuten habe ich mir ein Bier aufgemacht. Ahja, und etwas Zolpidem klein gestampft und durch die Nase gezogen. Verdammt ist das geil. Ich bin ja doch ein Junkie. Egal. Das Leben macht Spaß auf Drogen. Ich würde mir auch Gras spritzen, wenn ich denn nur welches hätte. Was soll das eigentlich mit dem Gras; warum ist es illegal.. naja, so bleibt der Mythos aufrecht. Auch mein Mythos bleibt bestehen. Solange ich nicht nein sage zu Gift. Ja, warum auch. Ich bin zufrieden. Und man landet nicht gleich in der Psychiatrie, wenn man einmal, und zwar am Sonntag, sich die Kante gibt.

Ich sitze vor dem PC.. neben mir ein Aschenbecher mit einer ausgedrückten Zigarette darin die immer noch glüht. Der Rauch steigt auf und bildet Fäden. Draußen ein Sturm. Es soll bis zu 130kmh bekommen. Orkan nennt man das. Hier in Wien? Was?! Egal. Mir geht es gut. Ich kann zwar meinen Kopf nicht abschrauben, aber ich kann ihn füllen. Mit Gedanken und noch mehr Gedanken. Gedanken sind nur ein Euphemismus für Drogenrausch. Versteht das hier wer?

Zu der Frau, die ich kennen gelernt habe. Sie heißt L.... scheiß Name.. ich nenn sie lieber Sonnenschein. Denn wenn sie da ist fühl ich mich besser. Aber nicht, dass ich das andauernd brauchen würde; nein. Es ist mir einmal in der Arbeit aufgefallen. Ja, wir arbeiten zusammen. Ich hatte schlechte Laune; nicht depressiv, sondern einfach schlechte Laune. Ist was ganz anderes. Schließlich hatte ich nicht das Bedürfnis mich zu erschießen... oder erhängen; auf einer nah gelegenen Brücke; bei mir 2 Minuten entfernt von Zuhause. Verdammt ist das Zolpidem geil.. wie Hero nur Schnee weiß... kommt vom Titanoxid.. welches als Füllmittel genommen wird. Egal ich lenke nur ab. Die Frau. Der Sonnenschein.. ich bin einfach besser drauf wenn sie auch in der Arbeit ist.. sie muss nicht mal im selben Raum sein. Ich freu mich, wenn ich ihr auf den Weg in den Geräteraum begegne. Wenn ich sie im Raucher Hof sehe, wenn wir zusammen Mittagessen. Sie ist Physikerin. Wissenschaftlerin. Wirtschaftlerin. Und eine Hammer Frau. Etwas kleiner als ich. Hatte ich auch schon lange nicht mehr. Liegt daran, dass ich nicht der größte bin und sie hat rot gefärbte Haare. Ur schorf.. ahja und Mega große Titten, ist das wichtig. Keine Ahnung. Mann und so.. StereoSachen. Titten!!!!

Mein Kopf dreht sich.. hundert Gedanken und keine Ideen.. was will der Mensch heutzutage lesen. Liest überhaupt noch wer. Ich selbst komm auch selten dazu. Also nicht so oft wie ich gern würde. Aber was soll ich schreiben. Meine Horror Kurz Geschichten wurden von drei Verlagen abgelehnt. Jetzt habe ich gerade gestern meine HTL zeit fertig auf Papier gebracht. Ich kann mir nicht vorstellen, dass das jemand lesen will. Wirklich viel zu sagen habe ich eh nicht. Nur dass die Welt schlecht ist und voller Idioten ist. Das haben andere schon schöner niedergeschrieben. Hier sollen sie jetzt nicht erwähnt werden. Wer von den Lesern interessant es, wenn ich Dostojewski lese oder Hemingway. Shakespeare und Goethe. Wahrscheinlich niemanden. Aber würde es den Leser dieses Blatts schocken, wenn ich Selbsthilfe Bücher lese.. oder so einen Schund Roman wie 50 shades of gray… keine Ahnung. Wirklich keine Ahnung. Ich habe auch ganz andere Sorgen. Wie kann ich euch alle töten. muhahah. Und viel wichtiger; wie kann ich zuerst sterben. Planlos. Abgestürzt und depressiv. Mit einer kleinen

Mischung aus Manie; die Finger hauen diesen Text in die Tasten.

8.

Es war heute ein guter Tag. Es gibt viele gute tage in letzter Zeit. Doch leider ist gerade Winter. Draußen ist es bitterkalt und drinnen halt ich es nicht mehr aus. Was ist nur los mit mir? Jetzt kommt auch noch Weihnachten mit großen Schritten auf uns zu.

9.

Ein Jahr ist vergangen und der Schmerz ist wieder gekommen zur selben Zeit; wie das Jahr davor. Im Sommer wenn die Vögel singen und im Winter, wenn die Schneeflocken dich anzuckern. Es ist immer eine Art der Wiederholung. Und so kann ich um die Weihnachtszeit nur sagen, dass mir alles gleich und egal ist. Ich mag diesen Mist manchmal nicht mehr. Da ist es einfach sich hinter einer Tastatur zu verstecken und die Finger ihre Arbeit machen zu lassen. Hirn wichsen auf high end.

Man sieht im Job immer nur dieselben Gesichter und kann sich nur wundern über deren Leben und dabei selbst sein eigenes betrachten und erstaunen vor den Möglichkeiten, die vor einem liegen. Man kann so frei im Kopf sein und so gefangen im Herzen, dass der Zwiespalt einen zerreißt. Und man keine andere Möglichkeit sieht als dem sich zu stellen vor dem man immer weggerannt ist. Wenn das auch nur irgendwie einen Sinn ergeben soll, sollte ich in meiner frühersten Weihnachts Erinnerung anfangen. Es war ein schöner Abend mit Essen und Getränken. Saft für die Kinder und Wein für die älteren; es war so ein Abend, wie er immer von perfekten Familien gezeigt wird. Kalt innen und an der Oberfläche herzlich.

Nur ich war unglücklich. Es war als würden meine Gedanken rasen und mein Herz keine Ruhe finden. Schmerzhaft fürs Gemüt und kalt wie totes Fleisch in der Arktis.

10.

Wie schnell alles an einem vorbei rast. Als wäre man immer auf der Schnellstraße. Nur hin und wieder eine Raststation. Dort wirst du wahrscheinlich auch noch sexuell genötigt am Herrenklo. Du.. Menschen sind halt verklemmt.

Scharm ist wohl, das kleine Gefühl, dass dich am Kragen packt und dir Verhältnis mäßig viel zu stark eine reinhaut. Kann auch gut sein, dass ich es falsch sehe aber die meisten meiner sexuellen Begegnungen war von Scham behaftet. Außer eine. A. . Sie war super; die Beste überhaupt im Bett. Wie konnte ich sie gehen lassen? Naja, ich war auch dem irgendwann überdrüssig; alles auf dieser Welt kann Spaß und Freude bereiten, die Frage ist dann wohl moralisch was dir gefallen darf und was nicht. Sollte jeder für sich bestimmen. Und eine Frage der Qualität. Wie lang kann etwas Spaß machen. Ich weiß nicht genau, aber ich würde sagen, wenn eines Spaß macht von klein auf und immer wieder und immer und überall; dann ist das Musik. Leider bin ich total unmusikalisch. Ich höre schlecht. Ich kann hoch von tiefen Tönen nicht unterscheiden. Aber das Gefühl, was ich bekomme, wenn ich Musik höre, ist, naja, wie Sex, Drogen und halt Rock n Roll. Immer wieder geil. Sollte das je aufhören schieße ich mir den Kopf weg. Ich will sein und fühlen, denken und lachen. Tanzen und weinen. Vielleicht nicht in dieser Reinfolge, aber es macht doch spaß sich etwas hinzugeben und sich treiben zu lassen. Nicht verklemmt.

Wenn hier einer verklemmt ist, dann auch ganz sicher ich. Wie könnte ich auch nicht. Doch ich bin wahrscheinlich sehr ambivalent was dieses Thema an geht, ich kann selbstsicher sein und so tun als wäre nicht, ich kann aber auch ganz genau hinabschauen und auch so tun als wäre nichts. Wäre nichts? Naja, wie soll ich sagen ich liebe was mir gefällt; das ist halt vielseitig. Warum auch nicht?

Was ist das nur mit den Frauen. Wie soll man nur mit ihnen irgendwas Sinnvolles machen außer ihnen das Hirn raus vögeln. Die sind doch Idioten. Hin und wieder trifft man eine die könnte man Heiraten und nicht, weil sie gut ausschaut; natürlich tut sie das. Nicht weil sie die einzige Person ist die du siehst, wenn du in einen Raum gehst. Es ist, weil sie reden kann. Besser als du.

Ich liebe sie meistens. Es gibt manche die können drei Tag am Stück feiern. Es gibt manche die können mehr trinken als die Bar hat. Es gibt welche die tanzen, bis die Sonne wieder aufgeht. Es gibt mache die reden Fremde an als wären sie ein Pitbull. Es gibt mache die sind so besoffen, dass sie klinisch tot sind. Es gibt mache die können high sein wie der Space. Es gibt mache die wollen alles. Es gibt mache die sind so traurig wie der tiefste See. Es gibt mache die sind so frei wie ein Schwertfisch im wilden Ozean der prähistorischen Zeit.

Ich kannte mal Eine. Die war wild, ihr deutscher Dialekt ließ mich gleich an Heirat und Analverkehr denken. Leider hatte sie einen Schaden; der war größer als meiner. Wie konnte so was nur sein. Sehr komisch. Denken sie nicht. Warum auch nicht; sind doch alles Idioten. Also weiter bei den

Sachen bleiben die einen Freude machen und hohe Qualität hatten oder Reinheitsgrad. Alkohol. Destilliert am besten und dann runter verdünnt. Mit etwas Zitrone, für die Vitamine und der Morgen kann beginnen. Ist doch ein schönes Leben. Alles glitzert und glänzt neu als hätte ich mir einen Chrom Pool machen lassen; 5,2 Meter tief und Sprungbrett plus Leiter.

11.

Ich sollte wohl meine Horror Geschichten überarbeiten; dabei macht es viel mehr Spaß hier und jetzt darüber zu erzählen was so los war.

Was los bei dir?

Ich kann mich an eine Nacht erinnern da waren zwei Freunde von mir, F. und E. unterwegs in der Stadt. Wir waren lange in demselben Pub oder Beisl. Eigentlich waren wir immer im selben. Es war nett dort, nicht sehr groß; deswegen immer gut gefüllt und laute Musik. Sehr verraucht. Wir bekamen aber meistens einen Platz zum Sitzen. Wir waren also dort und unterhielten uns über Frauen. Eigentlich ging es immer nur um Frauen. Dabei hatte F. noch nie eine Freundin und sicher schon gar keine im Bett. Emanuel war da anders er hatte zwar auch noch nie eine Freundin aber zu mindestens ging er Nutten vögeln.

Was geht ab?

Also passierte es, dass wir diesen Abend am Straßenstrich landeten. Arme Bordstein Schwalben. Sprachen uns an und versuchen unseren Schwanz zu lutschen. Für mich war das nichts. Aber für E. . Er ging mit der fettersten Prostituierten in die nahe gelegene Tiefgarage und ließ sich einen lutschen. F. und ich rauchten daweil eine und versuchten die ganzen anderen Nutten um uns herum abzuwehren.

Das erinnert mich auch an einen anderen Abend, an dem F. und ich auch auf dem Straßenstrich waren. Aber wegen mir. Ich wollte unbedingt mit einer Nutte quatschen und sie vielleicht vögeln. Ich sprach eine an und rief ein Taxi. Wir fuhren zu dritt zu mir. Ich quatschte die Nutte die ganze Zeit auf Englisch voll. Und mein Englisch ist ziemlich schlecht; hört sich nur für mich gut an, wenn ich betrunken bin. Egal. Wir redeten so und irgendwann ging ich aufs Klo. Ich legte mich kurz hin und erbrach. Als ich wieder zurück in meinem Wohnzimmer war. War ich allein; die Nutte und F. fickten in meinem Bett. Ich nahm mehrere Benzos und ging schlafen.

Morgens darauf. Wachte ich spät nachmittags auf; mit einem Kater, der sich nicht gewaschen hatte. Wie auch immer. Ich war im Arsch. Ich räumte die Bier weg und entleerte den Aschenbecher. Danach wechselte ich das Bettzeug und legte eine Wäsche ein.

12.

Ich sitze hier in meiner Wohnung mit meinem Kater und einen Kopf wie eines Tigers. Ich brauch Ruhe und dreh die Musik laut auf und dann leicht zurück. Es ist zu Mittag und ich habe die Vorhänge zugezogen. Das Licht würde meine armen Augen nur blenden. Ich habe die letzten drei Tage nur im Bett verbracht; mit schlafen. Und chillen. Ein bisschen fernschauen; etwas lesen. Essen; rauchen; trinken. Alles auf gemütlich. Den Schlaf habe ich gebraucht; es tat mir gut und es war meine Auszeit vom Leben; das viel zu stressig ist heutzutage. Was wenn du hier nicht hingehörst, sag eine Stimme. Egal, ich lache. Was soll's. Ein bisschen sich falsch am Platz fühlen ist Okee; das macht uns menschlich; und verletzlich. Wir alle leben hier auf diesem blauen Planeten. Und das kann melancholisch-schön sein. Ein altbekanntes Gefühl. Schön warm ums Herz; wie beim Kotzen. Morgen muss ich wieder arbeiten gehen. Es ist schon lustig und das Geld ist ganz Okee, aber ich würde doch lieber bevorzugen dort nicht alt zu werden. Leider habe ich etwas an schulden aufgerissen in den letzten paar Jahren. Dort Hundert hier Hundert. Dort 300 Hundert. Das summiert sich. Zache Partie. Dafür habe ich ein recht angenehmes Leben; ich kann jeden Tag aufstehen mit einem guten Gefühl und kann auch so weiter machen; bevor es mich wieder weiterzieht. Ich habe Träume; ich will reisen. Allein oder in der Gruppe, aber fast lieber allein. Es wäre immer ein Abenteuer. Warum auch nicht; ich werde noch ein bisschen Geld in meine Tattoos stecken und in das zurückzahlen meiner Schulden.

Ich hoffe das wird was. Lotto ist was für Psychotiker. Und Kleingeister.

Die Wäsche ist bald fertig. Ich habe nach zwei Jahren mal wieder meine Jacke in die Maschine gehaut. Mich störts nicht, wenn sie etwas verraucht riecht. Wird ja wieder so sein. Also lass ich es einfach, wie es ist. Die Musik ist noch immer laut auf; so dass das Waschmaschinen Geräusch gar nicht stört. Wie sollte es auch. Mich stört gerade Garnichts. Job fürn Orsch. Egal. Sexueller Notstand. Egal. Zumindest fließt der Stoff. Es muss weitergehen. Ich sollte mal wieder unter Menschen kommen. Und damit mein ich nicht die Arbeit. Es sollte wirklich etwas Lustiges sein. Etwas dass mir die Augen aufreißen lässt. Ich bin es leid, immer dieselben Bilder in verschiedenen Facetten zu sehen. Grau. Schwarz. Weiß. Ich weiß nicht mehr, was das alles soll. Urlaub, ja Urlaub. Und mich dort, und wo auch immer ich damit meine, bloß nicht hier, mich zur Ruhe setzen. Mit einem kleinen Bauernhof. Nee, lieber Geld haben und alles sich liefern lassen. Oder Führerschein machen und selbstständig werden. Obwohl es geht auch Fahrradfahren. Ist auch lustig und gibt ein Gefühl von Freiheit. Das vielleicht etwas mehr ausbauen. Und nicht nur immer zum Supermarkt fahren und dann wieder zurück; fressen wie ein Schwein. Und dann saufen wie ein Loch; alles auskotzen und schlafen gehen. Immer wieder dieser saure Nachgeschmack in meinem Hals. Das alles könnte anderes ausschauen, wenn nur nicht immer dieses Ding hinter mir her wäre.. sagen wir einfach einmal, es sind meine eigenen geschaffenen Dämonen. Sie sind überall und können mir jeden Tag vermiesen; egal was ich auch mache, sie werden nicht stoppen und immer etwas finden über, dass man nachdenken kann. Und wenn es nur der Gedanke selbst ist, über den man sinniert. Nichts zu sagen haben und doch alles sagen könnte; dann ist es Zeit die Verwirrung hinzunehmen und sich zu betten und zu hoffen. Morgen wird kommen.. ergibt das Sinn. Irgendwo sicher. Jetzt gerade ist noch immer die Waschmaschine am rennen. Sie läuft einfach und erzeugt dieses nervige etwas, im Hintergrund der lauten Deutsch Punkband, die gerade läuft. Kaum zu unterscheiden, aber man hört es raus. Damit will ich sagen: Punk ist auch nicht viel mehr als eine Waschmaschine, die rennt und ein Bier plus Stift und Papier.

Die Zeit verging und ich konnte nicht anderes als nur an sie denken. Sie rennt mir immer noch im Kopf herum. Es ist wohl, wie beim großen Gatsby; ich will immer alles gleich darstellen: unser Treffen, unsere Gespräche. Das alles ist vergangen und mir tut es so weh im Herzen das zu sagen, aber ich kann mich an vieles nicht mehr erinnern; es ist im Schleier verschwunden und noch mehr ist jetzt vergangen; die Gefühle, die Gedanken; sie sind leise und weit weg. Genau in diesem Moment, wenn meine Finger wie ein Maschinengewähr einschlagen auf die Tastatur. Das ist es, das ist Gott, das ist Krieg, das ist die Revolution des Verstands. Warum auch nicht, ich kann schreiben; machen; anziehen; tun was ich will. Es tut gut sich von den dämonischen Stimmen zu befreien. Bildlich gesprochen nicht psychotisch. Auch wenn meine Finger sich schnell und schneller bewegen. So was kann nicht immer gut sein und guttun aber für den Moment ist es das Richtige und so soll es auch noch lange sein; wenn ich weg bin und andere schreibe. Überall auf der Welt schreiben sie sich in Ekstase und wenn ihr Rausch vorbei ist, kommen sie zur Besinnung und erkennen ihr Werk, ihr tun; können so in Frieden gehen, in eine Welt ohne Wälder. Eine Wüste mit kalten Nächten und heißen Tagen. Kein Schatten; nur Sonne.

13.

Verdammte Scheiße! Was stimmt nur nicht. Nicht mal die besten Narkotika machen mich gerade glücklich. Dabei habe ich da ein paar echt gute Zuhause. Eigengebrauch versteht sich. Ich bin kein Verkäufer. Ich kann einem Araber sicher nicht einmal Wasser andrehen in der Wüste. Andere wiederum schaffen es ihnen Sand zu verkaufen.

Zurück zu mir. Ich habe einen Notstand. Pornos sind langweilig; nach doch nicht so kurzer Zeit wie am Anfang vermutet. Und echte Frauen... was soll man über die sagen. Echt?! Schminke, High Heels für besseren Arsch. Dort ein Piercing, hier eins. Stört mich alles nicht aber warum müssen die denn dann immer so dumm sein. Etwas Natürlichkeit plus ein blinkblink und bitte keine Verkäuferin. Natürlich verkaufen wir uns jeden Tag aufs Neue. Meistens für gar nicht mal viel. Aber eben... wie sieht das der Araber in der Wüste. Mit wem verbringt er lieber Zeit; der Mann mit dem Wasser, der es eh nicht von allein schafft es zu verkaufen oder die Person, die im Sand andrehen will.

Zurück zu den Frauen. Und weiter hinwegschauen und die Arbeitswelt betrachten. Arbeit, Frauen... schwieriges Thema als Mann; vielleicht sollte ich darüber nicht schreiben. Aber wo sind die ganzen hübschen intelligenten Frauen auf der Welt. Ich sag es euch, sie sind immer in meiner Nähe. Haha.

Gab schon ein paar echte Schlagsahneschnitten dabei. Und noch ein paar andere. In der Jugend nimmt man, was man bekommt. Hört man halt oft so. Im Alter wird's schwieriger. Jeder ist so eingefahren in sich. Jeder weiß angeblich genau, was er sucht. Und alle wollen die größtmögliche Auswahl; was in Zeiten des Internets kein Problem darstellt.

Und was mach ich. Klassisch Brieffreundschaft. Sich in den Text verlieben, nicht in die Person. Nur in den einen kurzen Moment in dem sie die Zeilen schrieb. Das ist der Moment, in dem ich mich wieder verlieben könnte, in eine Frau. Zu kryptisch. Sie soll Künstlerin sein. Nicht wie ich ein drogensüchtiger Chemiker, mit Hang zu extremen. Klassisch bipolar. Klassisch spleenig soll sie sein. Malende Biologin.

Ich werde am Weekend mit meinem kleinen Bruder in die Innenstadt schauen. Zuerst in mein Lieblingslokal, dann noch weiter in ein London UK Underground, mir doch egal wie der genannt wird, PUB. Ich werde es schon finden. Internet. Verstehst oder. Wieder spielt das Internet eine Rolle im Frauen suchen der Männerwelt. Frauen lassen sich eher finden oder..? bitte schreibt mir dazu wenn euch etwas einfällt.

Die Bong fetzt nicht mehr so wie früher.. zu viel gechillt. Aber Dope in der kleinen Holzpfeife rauchen, ist wie früher am Hof in Ungern als wir noch Kinder waren und ich und mein Bruder nicht so müde waren. Müde von all diesen Aufgaben. Chancen. Verlockungen. Unerschwinglichem. Versprochenen. Voller Leben, leichter Anflug von Liebe.

Zwischendurch zieh ich ein bisschen was, versuche mich auf den Bass aus den Boxen zu konzentrieren und auf das, was ich wirklich will. Lustig, dass ich schreibe. Vielleicht war es ja wirklich immer das. Die größte Sucht. Selbstdarstellung mit einen Anflug Narzissmus. Man kann doch so oder so nichts ernst nehmen, was dir Leute erzählen; egal über welche Medien. Überall gibt es falsch Nachrichten. Manche sicher gewollt andere schlechte Hintergrund Information eingeholt.

Der letzte Tag ist vergangen und ich war arbeiten kam nach Hause. Streichelte meine Kater und zog mir etwas Narkotika rein. Durch die Nase aber nur bisschen. Dann natürlich tief Luft holen und die Bong durchfetzen.

Jetzt geht's besser.! Das tut gut!! Freiheit schrie Mal einer bei seiner Hinrichtung. Das ist einfach mehr wert als zum Schluss sich zu beugen. Du musst das ganze Leben frei leben; unabhängig von den Fesseln. Jeder trägt sie von Geburt an und nur die wenigsten durchbrechen sie. Es ist schon lustig manche machen es so: die brechen ihre Fesseln nur um sich dann andere umschnallen zu lassen. Witzig! Könnt ihr die Tränen spüren, die über mein Gesicht fließen. Nee warum auch. Ich weine nicht. Ich bin ein Mann. Somit stark.

Wieder zurück zu ehrlicheren Worten. Hass ist zwar ein starker Antrieb, aber ich mag lieber sanftmütig sein. Ich will nicht mehr streiten, ich will nicht mehr hassen. Will mich nicht mehr auskotzen bei so genannten Freunden. Warum sollte ich auch. Die stecken nicht in meiner Haut und ich nicht in ihrer; also sollte jeder lieber bei sich bleiben. Böse Zungen behaupten dann: man hat kein Einfühlungsvermögen. Empathie. Bin ich halt ein Psychopath. Ein Maniac. Ein Loch in meinem Herzen und ein paar Whiskysoda und ich spuck dich schon an wenn du mich blöd anschaust. Nur so gehört das gemacht.

Wann kommt diese Zeit?

14.

Mit einem Kopf voller Tabletten und einer Lunge, die mit Rauch gefüllt ist, glaub ich immer ich könnte irgendetwas sinnvolles schreiben. Etwas das die Menschen berührt. Dabei kann ich nur von meinem Leben, meinem Leid, meiner Lust erzählen. Die drei großen L.

Liebe ist etwas das löst sich; immer erklären; deswegen auch kein großes L nur ein kleines. Genauso wie in den vielen kleinen lügen.

Die Musik donnert aus der Box und meine Finger gleiten über die Tastatur. Ich muss ganz plötzlich an so viele Menschen denken, die mir in meinem Leben begegnet sind. Leid und Lust hat aber nur eine hervorgerufen. Sonst halt immer nur eins von beiden. Wie eine Textzeile die sich immer wiederholt. Ein Ohrwurm. So ist sie.

Sonst gibt es nicht viel zu erzählen. Ich erledige meine Arbeit im Labor, wo ich seit über zwei Jahren angestellt bin; recht gut. Manchmal bin ich produktiver manchmal weniger aber die Arbeit wird unterm Strich gemacht. Die Leute, denen ich dort begegne sind auch nur wieder irgendwelche Leute mit irgendwelchen Geschichten. Ich schreib halt lieber selbst Geschichte als sie mir von anderen anhören zu müssen. Weißt du noch damals?! Nee.. und selbst wenn, das macht uns nicht zu Freunden nur weil wir mal ein paar Bier zu viel getrunken hatten, gemeinsam. Freundschaft ist sowieso ein komisches Thema. Es sollte 50:50 erzählt, gegeben und genommen werden. Aber was macht man, wenn man so wie ich ist und einfach keine Lust auf diesen singenden Abschaum hat.

Sie feiern bis in die Früh hinein. Vergessen sich selbst und alles, was mal so was wie Anstand war und leben immer noch. Irgendwas mach ich falsch. Ohne meine Tabletten wäre ich schnell wieder auf einer geschlossenen Anstalt. Zum Glück habe ich mehr oder weniger alles im Griff.

Vor vier Tagen war ich mit Kollegen was trinken und kiffen. Auch ich kann gesellig sein; nur meistens bin ich so mit mir selbst beschäftigt, dass ich keinen Kopf für andere Leute habe. Ist schwer zu verstehen für die meisten, aber ich habe auch nur begrenzt Zeit. Die will ich sinnvoll nutzen. Mit übers Leben schreiben und manchmal auch mit den Lügen; die da alle dazu gehören.

Mein erstes Buch hat sich bis dato nicht wirklich verkauft. Aber mein Vater hat ein Exemplar sich besorgt. Bei unserem letzten Treffen, er hatte es schon gelesen zu diesem Zeitpunkt, nahm er mich zur Seite; wir wollten gerade auf einen Kaffee gehen und er sagte: da geht's ja nur um Drogen und Sex. Rechtschreibfehler sind auch drinnen. Okee... ja es ging um Sex und Drogen. Jugend halt. Jetzt geht's zwar auch noch darum aber halt: die Dosis macht das Gift.

Er selbst kann sich nichts vorwerfen. Bitte mach das auch nicht, denn dafür bin ja ich da. Nur ich kann dich als Vater beurteilen; was willst du dazu sagen. Selbstkontrollieren, ob alles passt. Meiner Meinung nach sollte das wer Externer machen. Also frag mich wie ich die sah als Vater oder deine erste Frau, meine Mutter.

Zu den Drogen meinte er: ich sei Charakterschwach. Nee. Dass habe ich mir alles schon selbst so ausgesucht. Ich mag Bier, Wein, Whisky. Gras, Dope, Kokain, Heroin, XTC und LSD. Wäre ich obdachlos würde ich wahrscheinlich in ein Sackerl scheißen und die Dämpf schnüffeln.

15.

Ich habe alte Verbindungen gekappt. Sie durchschnitten. Einfach was Neues angefangen. Routine gefunden in Neuem. Doch manche Sachen bleiben. Alte Lieben. Alte Freundschaften. Sie sind weg und kommen wieder kurz vorbei und sagen: Hallo. Ich sage: Geh weg. Das ist wie in diesen einem Beatles Lied „you say yes; i say no."

Ich brauche vieles nicht. Und habe doch so viel. Vieles was mich lachen und weinen lässt. Sachen die die Mitte suchen. Vielleicht auch nur eine warme Decke. Ich kann nicht sagen, wo das gelesen wird, aber es soll wärmen.

Ich rede Blödsinn; werde versuchen mich mehr auf gegenwärtiges zu konzentrieren.

Wie gesagt vieles ist gekommen und gegangen. Ich bin da. Und chill bei Musik. Denke über alle diese kleinen Gemeinheiten meinerseits nach. Morgen wird's schlimmer. Sicher für immer in der Röhre bei tosendem Knall.

Egal…#23

Heute war ein guter Tag. Morgen wird's auch schön. Hoffentlich interessant und verzaubernd. Es kommt halt immer drauf an, wie man die Sachen sieht; manchmal bist du in einem schwarzen Loch und manchmal wird es dich zerreißen an der Sonne. Es zieht dich hin und her. Was das nur soll, kann man mir nicht sagen; was soll ich machen. Muss ich bei allem raten. Oder kommt sowieso alles spontan aus mir raus, weil ich nicht weiß, wann und warum das alles sein musste, sollte; und überhaupt, existier ich; werde irgendwann eine Kurz-Geschichte darüberschreiben, vielleicht gibt mir das Kraft und wird mich leiten. Keine Ahnung schreiben macht Spaß. Ich habe nervöse Finger. Ich brauch was zu tun.

Ich kann es kaum glaube, was bis jetzt alles geschehen ist; ich habe so viel bekommen. Und bin auch so dankbar über jedes Wort. Morgen wird es weitergehen und ich werde versuchen alles über mich kennenzulernen. Nüchtern oder besoffen ist egal. Ich bin zufrieden mit meinen Zuständen. Wie könnte ich auch nicht. Ich bin es; ist doch eh egal oder. Warum nicht ein bisschen spaß rausholen. Es kann doch alles recht lustig sein. Sanguiniker Stil.

Pokern habe ich in letzter Zeit für mich entdeckt und ich muss sagen es macht auch am PC spaß. Die Gruppe von Bekannten, mit denen ich einmal in zwei Monaten Poker ist, zwar auch lustig, aber so kann ich öfter spielen. Gut, dass es sowas gibt. Das habe ich meinem Bruder zu verdanken. Er ist der Beste. Und er hat sich sehr verändert. Er war früher viel wütender. Spreche ich jetzt von ihm oder mir. Egal.. ich kanns halt auch auf mich umlegen. Schau ich halt mal, wie ich mich verändert habe. Ich bin ruhiger. Noch schüchternen. Und hab meine Neurosen. Mein Bruder dagegen. Hat seine Impulse unter Kontrolle. Nicht wie noch vor drei Jahren.

Pokern sollte ich mitschreiben; was ich am PC verzock. Notiz an mich.

16.

Neuer Tag, neue Seite. Ne leider nicht. Ich habe schon lange nicht mehr geschrieben; ich sollte das öfter machen. Es hat was Befreiendes. Und kann wie eine Droge zur Ekstase führen. Bei mir halt. Weiß ja nicht wie das bei euch so ist. Wer auch immer das hier lesen wird. Ich hoffe mehr als einer. Mehr als zwei. Vielleicht drei. Dichten sollte ich auch wieder. Das macht auch sehr viel Spaß. Irgendwie macht gerade alles viel Spaß. Es könnte ewig so weiter gehen, leider wird die Zeit knapp. Sie rinnt mir durch die Hand; es wird Zeit es richtig zu machen. Zu sein, wie ich bin. Wahnsinnig von Manie und Depression. Getrieben in den Hass und in die Gleichgültigkeit. Weiß echt nicht was stärker ist. Neuer Tag, neue Seite.
Was ist alles passiert die letzte Zeit. Keine Ahnung, wenn ich ehrlich bin. Aber ich weiß, was vor mir liegt. In zwei Tagen geh ich auch ein Konzert. In vier auf ne Messe und in fünf auf einen Rave. Raven, wie lustig. Kann schon sehr meditativ werden; die Drogen, der Bass. Egal. Das war einmal. Bass ok. Aber Drogen, Nee. Zu mindestens nichts Schnelles. Bier, Gras ist Standard. Es sollte immer so weitergehen. Ich wiederhole mich. Aber ich bin gut drauf. Auch wenn ich seit Ewigkeiten nur Pornos schau am Abend, als mir eine Frau zum vögeln zu suchen. Rennt was falsch. Ich weiß es nicht. Vielleicht. Aber ich weiß sowieso, wie es am besten geht. Ich habe gerade keinen Kopf einer Frau zu erklären, wie sie es mir machen soll. Und ich müsste auch mich auf sie einstellen. Zach!!
Ich sollte anfangen an meinem Buch weiterzuschreiben. Ich kann nicht an dauernd nur

Manuskripte schreiben; dafür das etwas übrigbleibt nach meinem Selbstmord. Moment, warte mal. Vielleicht doch nicht. Ich bleib ewig hier, ewig wenn es so weitergehen kann, ewig wenn ich die Lust aufs Leben verspüre. Nicht diese Gleichgültigkeit. Ich muss den Hass schüren. Muss wütend schreiben, auch wenn ich lieber liebes Briefe schreiben würde. Auch das, ist lange her und wird nicht mehr so bald kommen. Ich kann, wenn ich will alles; dem bin ich sicher.
Morgen ist wieder ein Tag, morgen wieder Arbeit. Menschen, Öffis, Kaffee, Zigaretten und ab nach Hause. Zuhause wartet auf mich der Horror. Doppeldeutig. Denn mein neues Buch soll über Horrer handeln. Familien Horror. Nachbar die schreien. Leute die sich in den Öffis gegenseitig anspucken. Menschen die auf und ab gehen wie ein Tiger im Käfig.

17.

Sonntag, morgen Arbeit. Gestern Ketamin und Ganja. Das Wochenende war verschenkte Zeit. Ich habe nichts gemacht. Ich wollte oder konnte irgendwie auch nicht. Ich lag in Ketten mehr oder weniger. Angekettet ans Bett, nicht von dem gestrigen Fick, sondern von der Depression. Sie verschlingt mich regelrecht. Ich versuche krampfhaft mich nach oben zu katapultieren; leider will das nicht so richtig klappen. Alles zieht mich runter. Ich überlege schon den ganzen Tag, ob ich den Wein, den ich noch habe auf machen soll. Gute Idee sag ich jetzt. Vor zwei Stunden bin ich noch am Sofa gelegen und wollte nichts anderes als schlafen. Kurz wollte ich sogar ne Schlaftablette nehmen. Vielleicht auch drei. Egal ich hol mir mal den Wein.

Wein und drei Eiswürfel rein. Geht schon besser.

Morgen muss ich arbeiten, aber den übermorgigen Tag habe ich Frei. Ich geh zu meinem Tätowierer und lass mir anlässlich des 50igsten Geburtstags meiner Mutter ein Tattoo stechen. Das fotografiere ich dann ab, druck es aus, ramme es und dann schenke ich es ihr. Was Besseres ist mir echt nicht eingefallen. Vielleicht findet sie es sogar eine gute Idee und sie freut sich. Mal schauen.

.

18.

Ich bin seit 10 Tagen nüchtern. Also Spaß machen tut das nicht. Aber was solls. Ich habe in letzter Zeit sowieso nur getrunken und gekifft. Nichts Dramatisches. War schon schlimmer drauf und dran. Ich habe in ein paar Wochen meinen 30igsten Geburtstag. Jetzt liegen 15jahre exzessiver Drogenkonsum hinter mir. Ich dachte so: vielleicht mal damit aufhören. Besser wird es einfach nicht mehr. Jetzt schau ich, dass das alles dorthin gehört wo es sein soll. In der Vergangenheit. Ich will andere Wege gehen. Ich glaube nicht, dass ich wirklich einen schade davongetragen habe. Auch nicht als ich meine LSD-Phase hatte. Wenn man sich meine Mutter anschaut, weiß man sofort warum ich so bin wie ich bin. Denn auch sie ist neurotisch bis zum geht nicht mehr. Früher ist mir das nicht so aufgefallen; doch jetzt. In letzter Zeit wird es immer mehr bei ihr. Und so ist es auch bei mir. Nur mein Bruder scheint die Kurve zu bekommen und als normaler Mensch durchzugehen. Ich bin verloren in Ritualen und Zwängen. Die meisten so klein, dass sie nicht weiter auffallen. Doch wenn ich noch mal 15 Jahre so weitermache wie bis her dann, naja.

Die Zukunft wird zeigen, wie weit ich es schaffe ohne Rauschmittel ohne Gift. Nur die pharmazeutischen Mittelchen nehme ich noch. Warum auch nicht. Irgendwas braucht man halt. Ah ja, Kaffee und Nikotin sind auch sehr wichtig. Genau wie früher. In der Schulzeit hatte ich immer einen Kaffee intus und jede Pause eine Zigarette im Mund. Manche Dinge ändern sich nicht. Mein Kopf ist voll und gleichzeitig leer. Voll von Gefühlen und leer von Gedanken. Das ist einfach das Beste. Ich lebe vor mich hin und mache es gerne. All das Leid, das ich selbst erzeugt habe muss ich nicht mehr haben. Wie schon gesagt ich werde 30ig. Vielleicht ist das ein Umschwung in meinen Leben. Doch ohne Mut und Disziplin werde ich es nicht schaffen. Deswegen schreibe ich. Auch deswegen. Denn ich würde mich jetzt gerade am liebsten zuballern mit dem Ketamin, welches nur fünf Zentimeter von meiner Hand entfernt liegt; in einer Lade meines Schreibtischs. Damit kann man sich wirklich gut aus dem Leben schießen. Heroin wäre mir noch lieber. Verdammt das ist gutes Zeug. Besser als Gras. Besser als Alk. Besser als Koks und LSD.

Meine Finger gleiten über die Tastatur und jedes Mal, wenn ich schreibe, kommt sie mir in den Sinn. Wie dumm und naiv. Ich denke sie vergisst. Ich bin nicht mehr in ihrem Orbit. Weit weg, getrennt durch ein Wurmloch. Nichts kann uns zusammenbringen. Da kann ich noch so viele liebes Gedichte schreiben, wie ich will. Oder Gedichte über den Schmerz. Es ist sinnlos. Weit weg wird es irgendwann sein; so wie der letzte Rausch.

19.

Die Arbeit. Es gibt da so einen bösen Spruch über Türen die einladend sein sollten. Doch Arbeit ist eine Last. Warum kann man nicht alles Teilen oder sich selbst versorgen. Geld. Grausame Erfindung. Was soll der Scheiß eigentlich. Ich mein, wenn man ehrlich ist, ist man doch in der Arbeit immer mit Arschlöchern umgeben. Nur allein kann man gut seine Zeit verbringen. Von mir aus noch mit Freunden oder wenn man ganz wahnsinnig ist mit der Familie. Aber Arbeit ist zach.

Ich habe da so einen Labor Job angenommen. Ich mach das viel zulange schon. Ich zieh es noch ein paar Monate durch, um den schulden Berg abzuzahlen denn ich mir aufgebaut habe. Geld. Grausem. Aber ich sterbe nicht mit einen quitt. Ich werde immer etwas schuldig sein. Auch wenn es nur hier und da eine ehrlich gemeinte Entschuldigung ist.

Arbeitskollegen. Da man so viel Zeit miteinander verbringt ist es schwierig alle immer und gleich viel zu mögen. Hier und da erscheinen sie interessant, dann wieder nicht. Ambivalent. Jetzt stellt sich nur die frage ich oder sie?

20.

Wieder einmal nüchtern. Was für ein Segen. Der letzte Trip ging viel zu lang. Ich bin zerstreut in alle Winde. Nur etwas Ruhe und gute Musik können mich beruhigen. Nüchtern sein. Das kommt davon, wenn man so einen Scheiß erlebt. Wie ich andauernd. Immer wieder schießen sie in deine Richtungen und lassen nicht locker dich zu öffnen. Was ist, wenn ich einfach nicht will. Ich habe meine Räusche immer benutzt, um dem auszuweichen. Locker und gelassen, aber ich glaube es ist an der Zeit etwas gewalttätiger zu werden. Mit der Sprache. Nicht körperlich. Wenn könnte ich schon einschüchtern. Vielleicht sehe ich die Sache auch falsch. Ich habe eine große Klappe. Und mit meiner durchtrainierten Zunge kann ich Ziegelstein zerbrechen. Ein bisschen übertreiben, um den Anschein zu wahren.

Nüchtern sein, macht das spaß? Ich werde es herausfinden und wenn ich zum Entschluss komm es ist zach; werde ich gleich wieder fixen. Gras, Pillen und Alkohol.

Ich bin gerade im Krankenstand. Von der Arbeit und versuche auszunüchtern. Gar nicht so einfach. Mein Kopf ist halt darauf programmiert sich etwas zuzuführen. Egal. Morgen ist ein neuer Tag und ich kann schauen was mir eine Welt zu bieten hat, wenn ich nicht drauf bin. Ich weiß schon es ist einfach Zeit zu verbringen, wenn man drauf ist. Nüchtern ist alles grau. Farblos. Traurig.

Vielleicht muss ich für immer und alle Ewigkeit dagegen ankämpfe. Doch wie soll ich nur. Wie kann ich nur. Mir hat es keiner gezeigt, wie man den Schmerz nimmt. Ein paar Methoden habe ich auch ohne Drogen. Lesen, Musik, Schreiben. Vielmehr ist da nicht was mir übrigbleibt. Dabei ist das so nichtssagend, was ich schreibe. Wer soll den Blödsinn lesen. Kann nicht glauben das sie weinen, wenn sie das lesen und wenn doch, spüren sie mich wie ich das hier schreibe. Den auch mir laufen tränen übers Gesicht.

Es ist 2Uhr in der Früh und ich kann und will nicht schlafen. Ich habe so viel geschlafen in letzter Zeit. Nur im Bett meine Zeit verbracht. Wenn da zu mindestens eine Frau wäre in meinem Bett; aber nee. Nur Aschenbecher und ein Feuerzeug. Natürlich werde ich mich hinlegen früher oder später. Besser früher. Ich schreibe das hier nur noch zu ende. Bevor der Kopf noch schwerer wird und ich den Schmerz rauskotzen muss.

Man glaubt es kaum, aber mir geht's schon besser. Es ist beruhigend, dass ich jedes Wort dass nicht gesagt würde und auch nie wird, hier und da niedergeschrieben kann auf meinem PC. Wie gesagt ich weiß nicht mal, warum das wer hier lesen sollte. Ist auch besser so; ich würde wahrscheinlich anderes schreiben, wenn ich wüsste ich hätte hunderte hinter mir die das lesen. Viel bedachter und nicht so aus dem Bauch heraus würde ich schreiben. Deswegen lieber Underground.

Die meisten Sachen, die ich schreibe, sind nur Datei Leichen auf meinen PC. Wenn ich dann mal sterbe werden die Freunde und verwandte es finden und sich denken.. ja was..? er schreibt gerne böse und traurig.

In meinem restlichen Leben versuche ich eher immer mit einem Lachen durch die Welt zu gehen. Immer ein nettes Hallo immer ein grinsen. Anstand. Vielleicht will auch nur nicht, dass die Leute sehen, wie kaputt ich bin. Hab schon so einigen Scheiß mit gemacht. Tote bekannte. Drogen. Partys. Konzerte. Liebe, Eifersucht. Sex..

Doch so ganz allein in meiner zwei Zimmer Wohnung, denke ich oft an die eine die mir durch die Lappen ging. Heirats Material. Aber wir waren bei jung und beide durch den Wind. Wild und so war auch unsere Liebe. Und danach. Nichts blieb nur diese Asche in meinem Mund und Magen.

Keine Liebe mehr. Nur Wut. Enttäuschung und der Wille zur Veränderung.

21.

Liebe. Komisches Ding. Platonische Liebe ist gut. Sex ist aber auch gut. Doch beides ist im Moment wenig vorhanden. Ich habe keinen Kopf für solche Sachen. Ich mache die Nächte durch. Schreibe. Trinke. Kiffe und hör Musik. Alles Zeitverschwendung. Niemand der das hier zu schätzen weiß. Niemand der da ist und mich in die Arme nimmt und mir sag: gut so!

Alles muss wieder von Neuem beginnen. Auch die Süchte in einem. Noch heute denke ich an das braue Zeug, an das Grüne und Weiße. An all diese schönen Sachen. Am liebsten würde ich 7 Trips schmeißen und dann ein Schuss und schlafen gehen. Sterben, der ewige Traum. Die ewige Illusion. Doch alles irgendwie Liebe. Versteht man das? Sie ist halt nur falsch gelenkt. In einer falschen Bahn und sucht nach Zerstörung und nicht nach Erweiterung. Ich zerhacke meine Gedanken bis nur noch Salat übrig ist und ich mich verliere in einen Traum aus einer anderen Welt, in der nicht alles besser ist aber ich mich einfach anders fühle.

Liebe. Ich habe geliebt. Wie ein Tier und wie ein Gentleman. Ich hatte meine Zeit mit der einen und anderen Frau. Jetzt will ich nur noch mich. Ich wixe lieber zu Pornos als mit einer Frau zu reden oder zu einer Nutte zu gehen. Das wäre zu mindestens ein gutes Geschäft. Alles wäre geklärt. Nutten und Koks. Wenn ich irgendwann mal viel Geld habe, wird genau das mir das Genick brechen. Koks und Nutten.

Trinken. Trinken macht glücklich. Mich, extrovertierter als sonst. Wenn die Flüssigkeit mal in der Blutbahn ist, schiebt es mich an und lässt mich brennen. Alles ist eine Droge. Gift. Der Konsum.

Doch was ist, wenn du aufwachst, wie ich und einfach keine Lust mehr hast, auf alles was du zu dir führst; weil du es dann eh wieder auskotzt. Ekelhaft. Der Geschmack von Galle in deinem Mund. Der Rachen verätzt und dann die nächste Zigarette. Eine von hundert am Tag. Jede Nacht dann der Angstschweiß von Träumen in denen keiner von uns entkommt. Ich habe dazu gelernt. Habe ich das?

Vielleicht muss man alles nur etwas lockerer sehen. Mehr bei sich selbst bleiben; nicht auf die andere achten und Spaß haben an der Entropie, die uns zerstört. Kann man zu viel von allem haben. Geht das überhaupt. Kommt drauf an wie groß das Loch ist welches im Herzen gefühlt werden muss. Ist das so?

Ich habe die letzten Nächte nicht gut geschlafen und das Schreiben hält meine Gefühle etwas im Zaum, sonst müsst ich wohl im Supermarkt, den nächst Besten der bei der Kassa steht und wegen irgendetwas den Betrieb aufhält, fressen. Ich würde mit der Nase anfangen und ihm dann in den Hals beißen. Hoffend darauf, dass ich die Halsschlagader durchbeiße, ein großes Stück Fleisch herausreißen und es runterschlucken. Ich habe immer schon gesagt: schlucken, nicht spucken. Dann würde ich die Person umstoßen und meinen Einkauf bezahlen, der nur aus einer Tiefkühlpizza und einen Bier besteht.

Wie viel Wut kann man noch sammeln in sich, bevor wir wieder verbrennen an unseren eigenen Gefühlen und der Schmerz so unendlich erscheint, dass man das Gefühlt hat zu ersticken. Alles nur wegen dem...

22.

Ich bin Chemiker. Und das nicht nur weil ich viele chemische Drogen getestet habe. Ich kenn mich darin aus. Analytische, physikalische und Biochemie. Doch die Chemie der Liebe ist mir fremd. So bleibt mir nur der Rausch. Darin kenn ich mich auch aus. Warum das ganze? Vielleicht sind irgendwelche Synapsen falsch gesetzt in meinem Gehirn. Dabei wurde mein Hirn durchleuchtet von Maschinen und von Menschen. Doch was kann ein Therapeut schon ausmachen, sind doch nur hilflose Helfer. Verlangen Geld für ne Stunde und machen nur 50 Minuten etwas. Und da auch nicht viel. Nur dasitzen, hinhören und nachfragen. Ich war schon bei so vielen Therapeuten. Meine Mutter hat mich schon als 10-Jähriger zu einem geschickt, weil ich immer auffällig war in der Schule. Auffällig? Mir war nur langweilig. Und das ist auch jetzt mein Problem. Nichts außer der Wissenschaft, Drogen und Schreiben interessiert mich. Doch will ich mit Drogen kein Geld machen also nichts für den Alltag. Wissenschaft ist auch irgendwie langweilig geworden. Wenn man drei Jahre in der selben Umwelt Chemie Firma arbeitet hat man viel gesehen. Ich könnte so einiges dort machen aber lieber in meiner eigenen Abteilung und mache nur meinen Scheiß. Die anderen können mich mal. Warum sollte ich immer mit einem netten lächeln auftauchen. Die meisten sind doch selbst solche Grandler. Zum Schluss bleibt nur das Schreiben und dann die Stille in einem. Es ist beruhigend, wenn die Finger über die Tastatur fliegen und das niederschreiben was man im Herzen fühlt. Dabei fühl ich nicht viel. Nur ein Loch. Einen schwarzen

Fleck den ich im Auge habe. Eine Illusion von vergangenen Zeiten. Liebe ist das schlimmste, was ich mir je angetan habe. Ich hätte nie mein kleines armes Herz öffnen sollen; an diese alles fressenden Frauen. Schwul sein wäre da eine Lösung. Aber ich finde wenige Männer wirklich attraktiv. Ich steh halt auf Titten und Ärsche die wie Birnen geformt sind. Ist halt so. Doch muss ich immer alleine sein. Allein, weil ich nicht will das du mich verstehst. Doch warum schreibe ich dann das hier. Um mich zu erklären oder um mich zu entschuldigen. Ich weiß es wirklich nicht. Vielleicht will ich auch nur großen Erfolg und dann für immer auf Reisen gehen.

Kann es sein das ich einfach alles in meinem Leben falsch interpretiere, kann es sein das alles falsch ist? Mag sein. Doch ich werde diese Welle bis zum Ende reiten und auch noch mein Glück außerhalb des Alkoholes finden. Ich war schon schlimmer dran als jetzt. Dreißig Jahre alt und kein bisschen cleverer als mit 15 Jahren. Was ist nur passiert. Vielleicht doch ein bisschen cleverer. Wenn ich so nachdenke, habe ich viel geschafft. Doch davon will ich jetzt gar nicht reden. Aber vielleicht sollte ich es. An einem anderen Tag.

Wenn man sich selbst fragt, wie die anderen einen sehen kann das zu Problemen führen. Ich verliere mich manchmal in den andern. Das sollte man gar nicht genauer erklären, denn es ist ein bisschen schizo. Doch was solls. Ist halt so. Nur weil ich paranoid bin heißt das ja nicht, dass ich nicht wirklich verfolgt werde. Der paranoide in einem hat auch immer ein bisschen recht. Die Menschen sind halt komisch und ich fühle mich abgekapselt von der Welt. Alleine und gleichzeitige verbunden mit allem und jedem. Dass sollte ich abstellen. Es macht mir nur Kopfschmerzen. Also erzähle ich lieber von besseren Tagen.

Es war einmal. So fangen immer beschießene Geschichten an. Doch es war einmal eine Frau. Wir hatten und lange nicht gehört und das war auch gut so. Doch sie konnte nicht anderes, als mich zu kontaktieren. Wir trafen uns. Es war nicht wie früher, doch die Anziehung war noch irgendwie da. Aber eben nicht wie damals. So unschuldig. Wir waren so jung und konnten gar nichts anderes als uns beide zu verschlingen. Ich aß von ihr und sie von mir. Wir verloren uns. Und trennten uns. Dann trafen wir uns wieder Jahre danach. Ich war nicht mehr derselbe. Hoffe ich halt und sie war auch sicher anders. Warum auch immer ich mit ihr traf, ist dabei nicht so wichtig. Ich mochte sie damals. Und wollte wissen, ob ich noch mal in sie reinbeißen konnte. Ja konnte ich, aber warum sollte ich, nur damit wir uns wieder verlieren und streiten. Laut stark in der Öffentlichkeit. Sie unter Tränen, ich mit rotem Kopf. Ist doch lächerlich. Sie war eine große Liebe und ich wollte wissen ob da noch was war, von damals. Nein war es nicht. Sie war zu kotzen, ein schrecklicher Mensch, der mir nur weh tat, wann immer sie es konnte. Ich konnte nicht andres als depressiv zu werden. Doch ich traf mich mit ihr. Warum machst du das, du Idiot? Fragte ich mich selbst. Ich will scheinbar leiden. Im leid die Erlösung finden, hat schon die Kirche gepredigt. Und ich war früher oft in der Kirche.

Jetzt nicht mehr. Auch wenn ich hier und da daran dachte in eine zu gehen. Vielleicht würde es mir helfen, wenn ich an irgendetwas glaubte als an die totale Zerstörung des eigenen Ichs. Die Auflösung im Alkohol und die Bestätigung im eigenen Wahnsinn zu finden.

23.

In einem Monat werde ich 30.. mein Leben ist gerade sehr ruhig. High Life ist nicht mehr. Ich werde langsam, aber sicher erwachsen. Ich übernehme Verantwortung für mich und mein tun. Besonderes wenn ich zu bin schau ich darauf, dass ich mich korrekt verhalte, nüchtern ist mir alles ein bisschen egal.. sollte das nicht anderes rum so sein? Ich weiß nicht.. ist doch egal. Glücklich bin ich so oder so im Moment. Nüchtern oder zu. Es macht alles keinen Unterschied mehr. Drogen kosten Geld und ohne ist alles etwas langweiliger. Dafür spart man sich viel und es kehrt Ruhe ein in die Seele. Aber auf Drogen kann man alles schaffen. Aber nur wenn man mit Drogen umgehen kann. Ich bin schon ziemlich gut darin so zu tun, als ob ich nüchtern wäre. Ich bin es aber auch in letzter Zeit sehr oft. Vieles gibt es nicht mehr, was ich mir rein pfeffern würde. Kokain geht immer. Gras sowieso! Und Alk, naja... damit hab ich wohl meinen Meister gefunden. Irgendwann ist der Punkt erreicht, da trinkt man weiter und es wird nicht besser. Besser könnten die Gespräche werden oder die Frauen. Oder die eigenen Gedanken. Der Schmerz könnte ganz weggehen, aber dem ist nicht so. Es wird einem nur schlecht und man wird müde. Müde ist okay aber kotzen, weil einem schlecht ist, ist nicht mein Ding. Da kiff ich lieber einen und lass mich massieren von einer Tussi.

24.

Freitag und es wird gefeiert, dass das Wochenende da ist. Arbeit liegt hinter mir und ich freue mich auf etwas Entspannung. Ich sitze in einem Lokal in der innen Stadt und Feier den Geburtstag von zwei Arbeitskollegen. Es ist ein uriges lokal. Es hat seinen eigenen Touch. Das Bier fließt in rauen Mengen und wir kiffen vor dem Lokal einen. Alle sind entspannt und gut drauf. Die Musik ist laut und wir singen alle mit. Die Kellnerin kommt und fragt, ob alles okay ist.

Don´t fuck the company!! sagt meine Mutter gern, aber was soll ich machen wenn es doch hier und da eine fesche Frau gibt. Ich will zwar keine Beziehung und ich bin sicher nicht der große Aufreißer Typ aber irgendwann mach auch ich meinen Zug und versuche mein Glück bei den Frauen. Nur werde ich sicher nicht mir etwas mit einer Kollegin anfangen. So etwas läuft nie gut. Auch wenn auf der Party wirklich zwei fesche Mädels da waren, die ich gern etwas besser kennen lernen würde. Am besten nackt und in meinem Bett. Naja.... Don´t fuck the company.

Ich sollte öfter unter fremde Menschen gehen. Also wirklich ganz fremd. Nicht derselbe Freundeskreis, nicht dieselbe Arbeit und nicht dieselbe Uni. Ich komm gut mit mir selber klar und kann mich gut leiden, das war nicht immer so; früher hatte ich so viel Wut in mir. Besonderes gegen mich selbst. Jetzt sehe ich alles etwas lockerer. Es gibt halt nicht nur schwarz und weiß.

Die meisten Menschen sind eigentlich sehr nett und sympathisch. Nur die große Masse ist dumm und ekelhaft. Das Individuum ist recht nett. Ich habe mich gut unterhalten auf der Geburtstags Party und auch gut getrunken. Vielleicht liegt das zusammen. Man kann sich nicht nur immer in seinem Schneckenhaus verstecken. Ich muss wieder raus auf die Straße und mich herumtreiben.

25.

Es ist bald so weit. Ich habe wieder einmal Geburtstag. Wie kam es dazu, dass ich noch so ein verdammtes Jahr auf diesem Planeten verbrachte. Ich kann es keinem sagen. Deswegen treibt es mich zum Blatt. Ich werde 30ig und das sollte eine gewisse Reife mit sich bringen. Aber manchmal kann ich nicht anderes. Alles zerreißt mich, alles zerstört mich. Nichts kann ich halten, nichts kann ich ertragen. Ich bin allein in einer Welt, die sich mir nicht fügen will und so renne ich einer Traum Figur nach und hoffe, dass sie zum Schluss doch wahr wird. Idiotie. Wie könnte es auch anders sein. Zum Geburtstag hin werde ich immer etwas von dem Blues ergriffen. Die Musik fesselt mich und ich werde langsam traurig. Traurig und verrückt. Ich will nur noch schreiben. Lachen, kotzen.

Was ich mir wünsche: etwas Ruhe. Gelassenheit. Gesundheit. Und mehr Selbstreflexion. Weniger sich grundlos scheiße fühlen. Echt; wird das nie langweilig. Immer in diese Depression zu verfallen und alles dunkelgrau anzumalen. Vielleicht sollte ich mehr mir die Welt selbst ausmalen.

26.

Drei Jahre derselbe Job. Wie kam es nur dazu. Ich hätte mir nie gedacht, dass ich mit chemischem Wissen irgendwann mal Geld mache. Aber es kommt halt anders als gedacht. Jetzt kann ich mir einiges an Berufserfahrung anrechnen. Sollte jetzt leichter werden einen Job zu finden, wenn ich es wirklich will. Damals nach dem Krankenhaus und nach dem abgebrochenen Studium, wie sollte ich da was finden. Keiner wollte mir eine Chance geben. Zum Glück geh ich gern saufen. Den beim Trinken kam es dazu, dass ich einen Kontakt knüpfte zu jemanden der eben genau in dieser Firma arbeitet, in der auch jetzt ich arbeite. Verrückt das Leben. Wäre ich immer nüchtern hätte ich viel verpasst. Wie Oscar Wilde schon sagt man soll Versuchungen nachgeben. Wer weiß wann sie wieder kommen. Ich glaube nicht, dass ich allzu viel ausgelassen habe. Jetzt brauch ich aber Ruhe. Die wilden Jahre sind vorbei. Ich werde älter und der Kater dauert immer länger. So fit wie früher nach einer versoffenen Nacht bin ich nicht mehr. Naja, das Alter halt. Außerdem werden meine Zustände etwas komisch, wenn ich trinke und kiffe. Naja, wenn ich zu viel trinke und kiffe. Die Dosis macht ja bekanntlich das Gift. Aber wie Schleimkeim schon singt: du bist jeden Tag besoffen, du bist jeden Tag bekifft aber lass dir sage das ist für dich kein Gift, denn dein Leben ist so schwer wie ein Stein, darum lass mal noch einen saufen. So in etwa ungefähr.

Wie kam es dazu, dass ich mich so alleine fühle. Kein Kontakt zu Menschen. Ich renne alleine herum und bin mit mir und meinen Gedanken allein. Mit meinen Ängsten, mit meinem Wahnsinn. Ich kann es keinem erzählen, wenn nicht mal ich es verstehe. Ich will einfach nicht mehr diese Leere spüren, aber wie Tyler Durden schon sage: ich weiß nicht ob ne Frau noch wirklich die Antwort auf unsere Fragen ist. Wie ich jetzt darauf komme. Ich bin so geil die ganze Zeit. Vielleicht auch nur wenn ich nüchtern bin. Da bekommt man erst richtig mit, dass man ja doch noch einen Schwanz hat, der auf Titten und Ärsche steht. Doch so betäubt wie ich die ganze Zeit bin geht da gar nicht. So schlimm wie früher als ich Anfang der zwanziger war ist es nicht mehr. Aber die Sucht ist halt immer noch da. Vielleicht sollte ich es substituieren mit Schreiben. Naja, mach ich ja auch. Schreiben ist wie ein Rausch. Ich werde richtig High. Und die Finger gleiten über die Tastatur. Dabei wäre ein geiler Frauen Körper mir lieber. Vielleicht sollte ich mich darum mal wieder kümmern. Fortgehen am Abend und sich unterhalten mit neuen Leuten. Aber es ist halt so und ich sage es immer wieder gerne. Die Menschen sind wie Hochglanz-Magazine. Man schaut hin, aber es ist so ordinär und langweilig. Ich bin halt doch lieber allein, scheinbar, mit meinem Wahnsinn und meiner Einsamkeit. Es wird nichts geteilt; alles behalte ich für mich, wie ein fetter Kerl der nicht genug von Cheeseburger bekommt. Ich bin echt verfressen. Egal, um was es da auch geht. Frauen. Drogen. Musik. Alles wird dauerhaft konsumiert. Soweit es halt geht. Nur eben die Frauen gehen mir gerade etwas ab. Drogen habe ich genug. Auch wenn mir dafür bald das Geld ausgeht, aber das ist ein anderes Thema. Musik wird sowieso 24/7 gehört. Ich steh halt auf einen tiefen Bass. Vielleicht habe ich mir deswegen auch einen E-bass gekauft. Ich brauche eine Dröhnung. Egal ob der Bass in der Lunge. Das Gras in der Lunge, der Alk in meiner Kehle oder die Frau auf meinem Schwanz.

27.

Der Geburtstag kam und ging. Ein Monat später bin ich immer noch nicht schlauer. Vielleicht liegt es an meinem Notstand. Ich hatte seit Ewigkeiten keine Frau mehr. Mir steht alles bis zum Hals. Ich mag nicht mehr. Zum Glück hat sich die eine oder andere Veränderung in meinem Leben ergeben. Leider nur Job mäßig. Ich wechsle die Abteilung und hoffe dadurch wieder mehr Freude im Job zu haben. Die letzten drei Jahre in der Arbeit war nicht immer einfach. Die Kollegen sind ne Frechheit. Der eine schlaft zwei Stunden im Aufenthaltsraum und redet nur über Alk und Frauen. Gut, das kann ich auch aber nicht im alltäglichen Leben. Das bleibt meiner Schreiberei vorbehalten. Er nervt einfach. Und ja deswegen wollte ich wechseln, nicht nur aber auch deswegen. Der Typ sollte mal richtig verprügelt werden. Ich mein, jemanden das Handy vor die Nase zu halten mit einem Schwanz Foto drauf ist fürn orsch... was glaubt er eigentlich wer er ist. Jetzt, da ich eh nicht mehr mit ihm so eng beieinander zusammen arbeiten muss, kann ich ihm auch leichter über den Mund fahren, wenn er mal wieder nur scheiße erzählt. Aber nicht so viel über den Typen nachdenken. Auch in meiner letzten Therapie Stunde war ich viel zu sehr auf ihn fixiert. Ja, weil ich mich ungerecht behandelt fühle. Er arbeitet nichts und dann auch noch Überstunden schreiben mit da sitzen und tindern. Der Typ ist ekelhaft. 40 fett und versoffen. Dann auch noch denn Geist eines kleinen Kinds. Das zur Mama will. Ich könnte kotzen. Vielleicht sollte ich mir nur einen Wein einschenken. Kiffen macht gerade wenig spaß. Bier will ich nicht trinken. Weil da geh ich nur pissen, bevor ich betrunken bin. Jetzt bin ich gerade bei einem guten Kaffee. Ne große Tasse und ja okay davor hab ich gekifft, deswegen auch der Kaffee sonst schlaf ich wieder ein. Ich sollte meine Wochenenden besser planen. Ich schlaf immer bis zu Mittag. Irgendwie sehr gemütlich, aber nicht sehr produktiv. Muss ja aber auch nicht immer sein. Manchmal reicht es die Musik zu genießen die die Welt für einen spielt. Man kann nicht alles beeinflussen. Vielleicht schreib ich deswegen so gern. Weil ich da steuern kann in welche Richtung es geht. Ich kann steuern, wie ich mich ausdrücke. Ich kann steuern was veröffentlicht wird und was in meiner Schublade verschwindet. Da liegt jetzt doch schon einiges drinnen. Ich komm beim Überarbeiten nicht hinterher. Andauernd schreib ich um. Verkürze und versuche es aufs wesentlichste zu reduzieren. Ich bin manchmal richtig langatmig. Ich mag so was gar nicht. Deswegen probiere ich bei meiner Schreiberei mich aufs wichtigste und essenziellste zu konzentrieren. Wie man sieht, gelingt es mir nicht immer. Vielleicht bin ich in 10 Jahren schlauer. Ich hätte nie gedacht, dass sich dort bin wo ich nun mal bin. Vor 10 Jahren. Meine Jugend war wild und versoffen. Sex mit Frauen und laute Techno Musik. Jetzt kiffen bis zur Langweile und dann erst trinken. Nicht viel.. nur so viel, dass ich nicht gelangweilt bin von meinem eigenen Stereotyp. Ich bin das Abziehbild eines Idioten.

28.

Erste Woche Zuhause seit der Corona Krise. Die Menschen sind echt am Durchdrehen langsam, aber sicher. Was Klopapier angeht, sind die Leute echt dumm. Haben die nicht mehr als eine Rolle zu Hause auf Vorrat. Naja, da sieht man gut was den Menschen wichtig ist in einer Ausnahmesituation. Ich habe nicht Klopapier oder Essen gehamstert. Bei mir war es Tabak, Gras und Alkohol. Die wichtigen Sachen halt. Ich habe mir zur Sicherheit letzte Woche einen Baseball Schläger besorgt. Nur um sicher zu gehen, falls die Toten zurückkommen als untote menschenfressenden Zombies. Ich warte.

Daweil komm ich noch gut klar. Auch wenn ich mehr trinke als sonst. Gibt ja nicht viel zu tun. Man soll nicht raus. Lokale habe zu. Also nicht mal Billard spiel ist möglich. Konzerte sind auch abgesagt. Leider auch mein Tattoo Termin. Hab sowieso gerade kein Geld. Job habe ich noch. Auch wenn wir jetzt in kurz Arbeit arbeiten. Also eine Woche Arbeit eine Woche Zuhause. Natürlich verdiene ich dadurch auch weniger. Mal schauen, ob ich auskomme. Aber um ehrlich zu sein egal wie viel Geld ich habe, es ist nie genug. Denn ich lebe von der Hand in den Mund. Sollte ich mir auch irgendwann mal abgewöhnen. Aber was ist, wenn ich morgen sterbe. Das Geld kann ich nicht mit nehmen also warum nicht gleich ausgeben. Leider habe ich auch einiges an Schulden. Es hat sich so zusammengesammelt. Mein Kater musste operiert werden. Tattoos kamen einige dazu. Und auch Bücher. Mein eigenes Buch muss noch warten. Das erste hat mich einiges an Nerven, Zeit und

Geld gekostet. Doch ich bin so stolz auf mich, dass ich es wirklich gemacht habe. Es blieb nicht nur ein Traum. Schulden sind zach. Die ein oder andere Rechnung muss ich auch noch zahlen wegen meinem Krankhaus Aufenthalt. Und die ganzen Therapiestunden die ich in Anspruch genommen habe kosten auch einiges.

Die Welt ist im Ausnahmezustand, das erste Mal nach dem 2ten Weltkrieg und ich komm eigentlich gut klar. Ich weiß nicht, wie das bei anderen ist aber ich komm gut alleine Zuhause klar. Das kenn ich gut. Wenn man wenige bis keine Freunde hat, hat man viel Zeit für sich selbst. Natürlich hab ich jetzt wieder Bekanntschaften aber eben man kann sich gerade nicht treffen wegen dem Virus und der zwangs Quarantäne. Mir doch egal. Lebe ist wie es immer war, alleine vor einem Blatt Papier mit meinen Gedanken. Mehr brauch ich nicht um glücklich zu sein. Naja, den Kopf voller Drogen ist auch nicht schlecht.

29.

Mich überkommt Angst. Wo sind meine Xanor. Ahja ich hab keine. Hab mich mal fast weg geschossen mit ner Packung von denen und ner Flasche Whisky. Aber das ist eine andere Geschichte. Wahrscheinlich auch voller Angst und Verwirrung. Jetzt ist die Verwirrung nicht so groß aber die Angst um so größer. Ich darf keine Medien mehr lesen. Überall Weltuntergangsstimmung. Vielleicht steh ich ja drauf. Aber eigentlich nicht. Ich mag mein Leben wie es ist. Ich habe so viel und bin auch so dankbar. Ja, dankbar bin ich über alles, was ich habe und worüber ich mich freuen kann. Ich weiß, dass es mir sehr gut geht. Vielleicht nicht jeden Tag, vielleicht nicht jede Stunde aber sicher im Großen und Ganzen. Andere haben so wenig. Teilen könnte ich aber so viel hab ich halt auch wieder nicht. Soll ich lachen oder weinen. Naja, die Welt draußen spinnt gerade also ist es nicht so verkehrt, wenn wir als Individuen das auch machen. Ich sollte mich beruhigen. Wo sind meine Tabletten. Ahja die hab ich nicht mehr auf Rezept. Oarg, hab eine Seite gefunden wo man die sehr schnell über die Post bekommt; kostet aber einiges. Aber dafür mehr oder weniger legal. Grau Zonen halt.

Ich darf wirklich keine Medien mehr lesen. Ich hab vor langer Zeit auch schon mal auf gehört Medien zu verfolgen. Mir tat das gut. Ja, es ist als würde man ein Auge zu machen. Ich kenn halt alle drei Varianten. Beide offen. Ein zu. Beide zu. Ja es ist ne komische Zeit und andauernd spürt man die Angst. Aber so ist das Leben halt, voller Angst und sorgen. Auch wenn es mir gut geht und ich froh bin über alles, was ich habe, so bin ich doch fühlend und kann sehen, wie es anderen geht. Sie bei mir auch, denn ich bin ja nicht nur gut drauf. Aber die Summe macht es aus.

Viren überall Viren, muss ich mir jetzt andauernd die Hände waschen und desinfizieren. Ich glaub nicht. Nur weil das gerade so herum spukt. Es liegt mir nahe das wirklich neurotisch zu machen und es ist viel Arbeit genau das Gegenteil zu machen. Das ist meine Gelassenheit. Heureka. Dass ist es meine egal sein, meine Gelassenheit, mein Gegenmittel zu den Viren. Lustig, dass ich ein Buch geschrieben habe, wo es auch um Viren geht. Aber keine Zombies. Jetzt natürlich ist das auch nicht so, aber man könnte es glauben, wenn man ein leicht beeinflussbarer Mensch ist. Ich weiß nicht genau wie das bei mir ist, aber ich habe gerne alles im Blick. Also steh ich auch immer hinter dem der hinter mir steht. Ergibt wenig Sinn aber nicht vergessen angst beherrscht meine Finger. Und meine Gedanken zu jetziger Zeit. Mein Herz ist auf 180 und ich platze bald. Vollgestopft mit der Angst der Leute um mich herum. Ich weiß doch eh, dass ich sterben muss. Entweder ist es das oder das. Egal lass mich in Ruhe damit. Wenn es passiert, ist es halt so. Daweil lass ich mich feiern und halte mein Glas hoch. Dabei immer Musik und nen Kopf voller Tabletten.

30.

Gestern war ein super Tag. Ich hatte genug Benzos um mich mal frei zu fühlen. Natürlich muss man damit aufpassen. Das Zeug mach schnell abhängig. Körperlich und seelisch. Aber was soll ich tun, wenn ich nicht mehr spüren, dass ich lebe; da ist so ein kurzer Urlaub von der Gesellschaft und den Menschen um mich herum, super. Ich glaub ich werde heute keine Benzos mehr nehmen. Schließlich besorg ich mir noch in bisschen Gras; das ist genauso gut. Ich mag es sogar lieber. Ich mag meine Bong und das Geschrei, wenn ich sie durchziehen. Tabletten schlucken ist dabei so langweilig als Konsumform.

Ich bin jetzt die ganze Woche zu Hause und es ist schon Dienstag. Den Montag habe ich irgendwie gestrichen, zumindest kann ich mich nicht mehr erinnern, was ich getan habe. Zu mindestens hab ich nicht versucht zu kochen. Das hab ich schon einmal gemacht und naja ihr könnt euch ja vorstellen wie meine Feinmotorik war. Die meiste hälfte lag am Boden. Und auch sonst überall; ich der Wohnung. Bin wohl mit dem Milchreis den ich mir gemacht habe etwas ungeschickt umgegangen. Ich fang den Milchreis an der Decke, am Boden und auch sonst überall. Es hat zwei Tage gedauert bis ich wieder alles sauber gemacht habe.

Die Benzos... Gemischt mit Whisky und Schlaftabletten sind echt gefährlich. Ich kann manchmal nur... Nichts anderes; aber zum Glück kenn ich meine Grenzen. Ich weiß, was ich meinem Körper zumuten kann. Jetzt bin ich 30; was ist wenn ich 50 bin. Überleb ich das dann auch noch;

oder findet man mich in seiner eigenen Kotze liegen am Boden, angegessen von meinem Kater. Ich weiß es nicht.

Die Arbeit stresst mich ziemlich; ich brauch einen Ausgleich für den ganzen Blödsinn. Da hilft nur Alk und Gras und wenn die beiden nicht da sind; dann Tabletten. Tabletten sollte man nicht missbrauchen, die Dinger sind stark. Big Pharma lässt grüßen.

Ich hab mir gerade einen Kaffee gemacht, damit ich auch nur irgendwie wieder halbwegs munter werde. Hab eine Therapiestunde in ein paar Stunde. Bis dahin sollte ich wieder halbwegs auf der Höhe sein. Doch die jetzigen Zeiten lassen das kaum zu. Zuerst die Sommerumstellung. Was mich immer etwas fertig macht, wenn die Tage wieder länger werden. Nicht so, dass es im Winter besser wird, wenn die Tage wieder kürzer sind. Dann noch der Virus der die ganze Welt beschäftigt. Mich nicht so. Wenn ich ihn bekomme und sterbe, bin ich im Reinen. Ich habe alles gesagt, was ich wollte. Ich hätte zwar noch drei Bücher, die ich rausbringen will, aber liest ja eh keiner. Also mach ichs nur für mich. So oder so; nur für mich. Denn es gibt nichts Egoistischeres als zu schreiben. Man ist für sich. Mit sich alleine und seine Gedanken. Man kann alles schreiben und wenn ich schreiben will: dass ich Gott bin, ist das gut. Muss ja nicht die Antwort des Lesers sein. Aber meine ist es; Gott lebt in uns allein. Schon Schopenhauer hat gesagt die Welt ist meine Wille und meine Vorstellung….. was soll man davon halten. Da muss man ja auf die Idee kommen Gott zu sein….

Aber ich habe Demut gelernt; auf das Härteste. Die Nervenklinik zeigt einem, dass wir alle gleich sind und doch verschieden aber eines vereinigt uns alle. Die Angst vor sterben. Was kommt dann. War ich ein guter Mensch. Solche Frage kommen dann; ich kann nur sagen: Ich bereue nichts, denn alles war für den Style.

31.

Mein Kopf brennt. Die Gedanken sind schnell und wirr. Ich kann kaum einen klaren Gedanken fassen. Alles scheint zu verschwimmen. Mein Kopf tut weh. Und mein Herz ist schwer und schwarz. Die Lungen leicht und alles voll Grün. Mein Kopf brennt. Na gut, ich wird mich jetzt wieder zusammenreißen. Es kann nicht immer so weiter gehen. Ich trinke nur und rauche vor mich hin. In drei Tagen muss ich wieder arbeiten gehen und fit sein. So kann ich das vergessen. Sogar das Schreiben fällt mir schwer. Meine Hände sind wie die eines anderen. Sie gehören nicht mir und ich muss sie zwingen das zu machen, was ich will. Aber was will ich nur. Ruh und einen Ort voller Liebe. Irgendwo in der hintersten Ecke meines Kopf weiß ich das aber jetzt sehe ich das gerade nicht. Nur diese Schmerzen und die schwere in meinen Gedanken. Kann es kaum glauben wie weit ich es geschafft habe. Ich habe so viel überwunden; so viel besiegt. Ich kann stolz auf mich sein. Irgendwer muss es ja sein. Sonst gibt's da niemanden. Nur mich und das weiße Blatt Papier. Die Musik laut in den Ohren damit auch die Gedanken laut werden. Lauter als die Musik; nur dann sind sie wahr. Wenn ich mich nicht auf den Text der Musik konzentriere, ist alles so klar. Nur Musik und Rhythmus, dazu meine Gedanken. Die Gedanken die immer nur weh tun. Wie soll ich den Schmerz in mir füllen. Mit Alkohol und Drogen mit Reue und Sex. Alles nicht das Richtige; ich brauche etwas das von Dauer ist. Schreiben; ja schreiben; Texte auswendig lernen. Vielleicht irgendwann meine eigenen. Vielleicht singen irgendwann alle Menschen meine Texte. Natürlich singe ich nicht. Und schreibe keine Songtexte, sondern irgendwas zwischen Groschen Roman und Pornografie. Meine Hände machen nicht mehr das, was ich will; es kostet so viel Energie. Ich werde jetzt Pause machen, weil ich zittrig bin. Jedes zweite Wort muss ich ausbessern, weil meine Hände nicht mir gehören, aber mein Herz schon und auch meine Gedanken.

32.

Irgendetwas geht immer falsch; muss das denn wirklich so sein. Ich glaube nicht. Was mir hilft nehme ich gerne an und werde es auch dann noch machen, wenn es mir gut geht. Denn Kopf frei bekommen durch das eine was wirklich zählt. Ich werde öfter daran denken und mich immer sicherer fühlen. Ja, so mach ich das. Morgen wird ein guter Tag; morgen wird's wieder neu sein. Ich mag neu. Altes ist vergangen und die Zukunft nur Gerücht. Dummer Spruch denn eines ist in der Zukunft gewiss. Der Untergang. Er treibt einen an und lässt dich nicht schlafen. Aber nur wenn du nicht klarkommst. Ich werde mehr leben als würde ich klarkommen. Doch irgendetwas ist immer schief. Abgrenzen werde ich mich von solchen Gedanken. Das muss man üben. Die Türen waren vielleicht einmal zu lange offen; wenn ihr versteht. Kann auch nur sein, dass ich nicht so viel Mut habe, wie ich manchmal vielleicht wirken lasse. Keine Ahnung. Es ist früh morgens und ich habe noch nicht geschlafen. Es wird Zeit für das Bett. Ein bisschen bleib ich noch munter. Dann aber lang schlafen...

33.

Verdammt ich könnte koksen bis zum totalen zerfall. Schlimm mit mir. Nur schreiben funktioniert so nicht. Nicht so wie ich mir denken. Auf Gras auch nicht. Leicht betrunken auch nicht und auf sonst auch nichts. Ich muss nüchtern sein. Überarbeiten geht betrunken aber nur gerade so irgendwie. Naja, nüchtern sein ist immer noch das Beste. So bin ich auch am stärksten. Am stärksten mit meinen Gedanken und ganz bei mir und ganz ehrlich. Berauscht verstecke ich mich immer vor allem und jedem. Vor allem vor mir selbst. Wie lange soll das noch so gehen. Keine Ahnung. Weißt du es?? Wie lang gings bei dir. War es auch so schlimm wie bei mir... keine Ahnung... erzähl... ah ja du antwortest ja nicht. Egal. Wenn ich fragen schreibe, erwarte ich eh keine Antwort. Werde noch heuer mein Buch fertig schreiben und nächstes Jahr im Sommer veröffentlichen. Das wird schon. Ich freu mich... ich muss zwar noch einiges schreiben, aber das wird schon. Kann ja nur gut werden. Schließlich sterbe ich mit jeder Zeile. Es ist der Tod in Seiten beschmiertes Papier. Meine Geschichte wird irgendwann nur noch ein Gerücht im Wind sein. Und die Leute werden sich erzählen: den kannte ich auch. Aber wer kennt denn anderen schon wirklich. Eine gabs die kannte mich. Zu ihr war ich immer ehrlich. Mit allen meinen guten und vor allem mit meinen schlechten Seiten. Ich gab ich alles, was ich war. Aber es war nicht genug, nicht gut genug, vielleicht zu viel. Zu schlecht zu kompromisslos. Wer kann das jetzt nach all diesen Jahren schon beurteilen. Geschichten sind nicht in Stein gemeißelt außer sie sind es eben. Dann aber echt nur Geschichten.

Alles andere ist wandelbar. Und wird mal so erzählt, mal so verstanden. Der einzige Wunsch, den ich habe, dass ihr meine Seele spürt und mich seht. Auch wenn alles nur eine lüge ist.

34.

Hiigh!!! Jjjjjääääääär. Alles intus was ich Zuhause habe; du, das ist einiges. Mir könnte es gerade nicht besser gegen. Ich fliege über den Dingen... Verdammt wie kann das sein... ich bin so zugedröhnt. Alle ist gut und keine Sorgen. Nur die Musik die mich weiterfliegen lässt. Ich sags euch... manchmal kann ich nicht anders, es ist die Sucht. Die Leere in mir. Die Tiefe; dich auffressende Leere. Aber ich stopf sie voll mit Drogen. Schlafmittel. Beruhigungsmittel. Alk; Gas.. nur noch Heroin fehlt, aber daran würd ich wohl sterben. Alles andere ist ein Klacks. Ich kann es ertragen und mich dabei glücklich fühlen. Bin so neben mir und weiß nicht weiter mit mir selbst. Was kann ich machen?? Die Welt aus ihren Angeln heben. Erstaunt sein über die Scheiße sein, die auf mir lastet; nein denn ich bin frei. Frei von Gefühlen; frei von allen; allem, was mich fickt jeden Tag. Nur die Musik mein Freund. Künstler, die mich nicht kennen, Künstler, die ich nicht kenne. Alles verloren. Ich will mich auflösen in Säure, wenn ihr versteht. Nie wieder zurückkommen. Immer auf dem Trip. Es wäre so schon... Doch kann es nicht sein. Ich muss funktionieren für die Eltern. Für meine Geschwister. Meine Neven und Nichten. Aber ich kann nicht mehr. Alles Schall und Rauch.. ich bin drauf.

Ich hab's gerade etwas übertrieben mit dem Konsum. Warum auch nicht. Ich weiß schon was für mich gut ist. Nur den Tod find ich nie. Warum?? Wann kommst du zu mir und zeigts mir dein Gesicht. Ich kann nicht mehr ... nicht mehr konsumieren; nur warten auf die Ruhe nach dem

Sturm. Aber eben der Sturm muss kommen...
Verdammt bin ich zu.........

35.

Es zerreißt mich. Alles um mich herum ist so viel und unendlich groß. Ich selbst bleibe klein und allein. Wenn das weiter so geht, explodiere ich noch in einem riesigen Feuerball. Dann bin auch ich groß. Aber will man das? Will ich das, nein..

Sport ist die Lösung aller Dinge. Wenn man weg will von Drogen; von denen ich in den letzten 15 Jahren genug hatte. Mal mehr, mal weniger aber immer mehr als die anderen ist auch irgendwann genug. Ich werde noch eine Schlägerei anfangen wegen ein Stück Kuchen. Ich will das alles nicht mehr. Mein altes Leben scheint so sinnlos und voller Schwärze. Keine bunten Farben; auch wenn man das gar nicht glauben kann, bei all dem LSD welches ich genommen habe.

Ich rauche gerade eine Zigarre, denn der Tabak ist mein Freund; plus Kaffee und schwere Anti Psychopharmaka. Nur so kann ich meine Arbeit im Labor machen; im Leben und zwischenmenschlich. Ich hoffe das hört irgendwann alles auf. Todestrieb bzw Wunsch, ja klar. Immer her damit. Ich bin der Welt überdrüssig. Zu mindestens meiner alten Welt. Gerade jetzt, hier und jetzt bau ich mir etwas anderes auf. Das heißt nicht, dass ich in Gesellschaft nicht auch einmal was trinken kann. Bin ja kein Alki aber alles mit Maß und Ziel; nicht mit Maße und verwirrt in die Nacht hinein.

36.

Wenn ich jetzt sterben würde, wäre nichts gut. Alles ist ungesagt. Vielleicht nicht alles aber zu viel. So viele Gedanken in Kopf und Herz. Ich muss sie loswerden. So viele die ich beschimpfen will. So viele will ich ankotzen und lachen dabei. So viele will ich schlagen. Besonders meine Familie. Die kann man sich ja bekanntlich nicht aussuchen und wenn es so wäre, wüsste ich keine bessere. Denn ich glaube sie können mich ertragen und meine zweite Seite, meine Wut aushalten. Sie sterben nicht dadurch. Andere würden daran sterben. Sterben in einem Zimmer mit abgedunkelten Fenstern.. nur das Licht einer Glühbirne und das blitzen meines Rasiermessers. Kann man so weit gehen. Mache können das, ich nicht. Weil ich einfach nicht will. Ich hab besseres zu tun. Zu schreiben ist besser. Zu rauchen ist besser. Musik zu hören und zu lesen. Sich eins fühlen mit dem Universum. Mit Mord kann man das nicht. Man bleibt allein und wird mit jedem Mord besser im alleine bleiben. Übung macht den Meister. Bei erstem Mord hat man vielleicht noch ein schlechtes Gefühl. Soweit man überhaupt von Gefühl reden kann. Doch irgendwann verschwindet das kleine blaue Etwas im Wind, im roten Blut und ist weg. Somit bleibt man allein.

37.

Die letzte Party ist lange her und doch so nah. Ich gebe jeden Tag Gas und drehe auf! Ich bin Strom pur.

Die Arbeit läuft. Die Familie nervt. Die Freizeit ist knapp und gut genutzt. Therapie läuft und nervt auch. Wieso will jemand sich nur selbst sehen. Wenn es doch eh nur durch die Augen eines anderen geschieht. Ich kann nur die Schatten sehen der anderen die sie sich denken über mich. Ergibt das Sinn. Ihr versteht schon oder auch nicht. So wichtig ist das nicht.

Wenn es so weiter gcht mit mir werde ich irgendwann... ja was? Keine Ahnung. Ausrasten und irgendwas zerstören. Irgendwas Schönes, hässlich machen. Was Hässliches machen, bis es schön wird. Kann das sein, dass mir alles so egal ist. Ich fühle nichts. Nur schnelle Gedanken in mir und Schwärze. Ich bin gar nicht da. Und doch schreibe ich gerade. Wie kann das sein?

Die Welt ist komisch. Besonders die Menschen in ihr. Auf ihr. Die Welt. Weiblich und gehört gefickt. Geschwängert. Immer wieder und wieder. Bis sie alt ist und ich tot bin. Wie lange dauert das noch?

Will nicht mehr warten auf die Erlösung. Will sie jetzt und hier. Wenn ich alleine bin, bin ich so frei; aber alleine. Doch so denke ich nur an die Gesamtheit. Was auch immer das heißt?

Wenn die Arbeit weiter so geht, schmeiß ich sie hin und werde arbeitslos. Zu mindestens für eine gewisse Zeit. Sie macht schon spaß... aber schreiben mehr. Ich könnte das immer und immer und immer machen.. bis ich alt bin und grau.. Grau und traurig wie meine Gedichte.. traurig wie ich jetzt bin.. hab eines auch jetzt geschrieben. Nummer 83.. falls es jemanden interessiert... dauert noch bis das veröffentlich wird also nicht jetzt suchen. Keine Ahnung, wann das nächste Buch kommt. Ich brauch einen Lektor.. alleine trau ich es mir zwar auch zu aber so richtig professionell ist das nicht.. find ich halt. Bin ich aber ja auch nicht. Ich verdiene damit so gut wie nichts. Leben kann ich davon nicht.. werde ich nie können und will ich auch nicht.. den es geht hier nicht um Geld. Es geht nur um mich.. so nazistisch bin ich gar nicht.. außer wenn ich schreibe... da bin ich ein Gott in Menschen Gestalt. Euer Gott. Der einzig Wahre. Ich bin der Anfang und das Ende. Wenn die Zeit kommt und ich sterbe und ins Nirvana gehe werdet ihr sehen das ich recht hatte. Vielleicht.. smile.

38.

Ich weiß nichts mit mir anzufangen. In mir ist nur Leere. Ich kann bald nicht mehr. Andauernd in den Abgrund schauen tut einem nicht gut. Tut mir nicht gut. Wann kommt die Ruhe. Den Schlaf. Den perfekten Gedanken.

Ich kann es nicht lassen die Menschen um mich herum genau anzuschauen.. was ich dann sehe, gefällt mir nicht. Ich sehe Hass, Trauer, Verachtung, Verzweiflung und Selbstgeiselung. Sachen die ich auch in mir sehen kann. Doch sehe ich sie wirklich oder versuche ich nur etwas Menschliches in mir zu sehen. Auch wenn ich weiß das da keine Person ist, sondern nur ein getriebener Mensch. Voller Hass und Liebe. Beides abstrakt und nicht zu fassen. Wenn ich dann mich zeige werden die Menschen lachen und ich auch.. wer lacht zum Schluss, wenn der Hammer auf den Kopf einschlägt. Ich glaube die anderen nicht.

Wenn ich mich nicht zerstören kann, muss jemand anderer daran glauben. Wer kann es aushalten, wie ich bin. Nicht mal ich kann das, ohne hier und da daran zu zweifeln, ob ich noch menschlich bin. Noch normal. Dabei kann ich nur lachen. Lachen wie ein Kranker.

Nur wenn ich alleine bin und schreibe, fühle ich etwas. Fühle die Luft in meine Lungen strömen. Spüre die Wärme der Heizung in einer kalten Wintern Nacht.

Wird es noch lange dauern, bis ich mich selbst erkenne und akzeptiere. Kann es sein das ich recht habe damit wie ich bin und wie ich mich sehe.. ist das objektiv oder subjektiv wie ich mich sehe.. sehe ich mich aus der dritten Person oder von noch weiter weg.. was ist nur los mit mir. Wie soll ich weiter machen, wenn niemand das in mir sieht und das in mir findet was ich zu verstecken versuche. Aber warum verstecke ich mich?

Weil das, was man dort finden würde kein Mensch ist. Es ist ein großer schwarzer Hund. Dieser hat hunger und durst. Unbändige Begierde nach Lust und Liebe. Nach Hass und Angst.

Doch ist dieser Teil gut eingesperrt in mir. Ich werde es keinem zeigen. Ich werde es nicht rauslassen. Außer wenn ich schreibe und mir vorstelle, wie ich sie zerstöre auf Papier. Der Wahnsinn lebt in mir. Dort war er immer schon. Der Ort in meinen Kopf und meiner Seele ist riesengroß und dunkel. Leer; voller Regale ohne Bücher. Eine Garderobe ohne Klamotten. Eine Küche ohne Besteck. Ein Ort ohne Menschen und nur das Tier lebt in ihm.

Ich liebe diesen Ort denn ich kann immer verreisen, wenn ich will. Dort bin ich frei und doch irgendwie gefangen.

Wenn ich an alte Freunde denke, wenn ich an meine Familie denke, kann ich nicht anders und will dabei keine Namen nennen, als traurig zu werden. Vielleicht auch wütend. Immer wenn ich mich zeige und einen Schlag ins Gesicht bekam, wuchs der Hass in mir.

Ich kann mich an einem Abend erinnern als ich mit Freunden das erste Mal in einer meiner Lieblings Diskotheken war. Wir waren nicht lange dort, sie langweilten sich. Und ich fühlte mich missverstanden. Wir gingen und setzten uns immer wieder ins gleiche Pub. Wie langweilig das ist, kann ich gar nicht genug betonen. Der Sex mit der Ex, immer wieder gleich, immer wieder langweilig. Nichts befriedigt mich scheinbar. Nur mein eigenes kleines Universum. Doch sobald ich mich austauschen will mit anderen, bleib ich übrig. Bleibe übrig und alleine. Keiner ist wie ich. Das ist doch auch logisch aber muss es nicht Leute geben die ähnlich denken. Leute die anders sind und nicht in der Psychiatrie. Leute, die etwas sehen was andere nicht wahrnehmen. Ich sehe manchmal zu viel und fühle zu viel. Wie kann ich das nur abschalten. Natürlich gibt es gute Drogen die das zu schaffen vermachen. Doch will ich so ein Leben nicht mehr führen. Hier und da komm ich in alte Muster hinein aber nicht lange. Nicht solange das es gefährlich wird für mich. Muss mehr Sport machen um mich zu beruhigen. Die Menschen sind vielleicht nicht meine Freunde. Doch auch Tiere kann ich nicht leiden. Wenn ich kleine Hunde sehe, will ich sie quälen. Wenn ich Menschen sehe, die schön sind will ich sie zerstören. Wenn ich mich selbst sehe, will ich mich essen. Fühle ich noch irgendetwas. Ich weiß nicht genau. Manchmal glaube ich, dass ich etwas fühle; doch in Wirklichkeit sind das nur Ereignisse, in denen man erwartet, dass ich das tue... von mir kommt nichts nur Wahnsinn und Zerstörung.

Kann es sein, dass ich so bin wie ich bin. Und das ist auch gut oder das ist auch böse. Wenn ich mit Therapeuten rede hab ich immer die Angst, dass sie sehen das ich nur lüge. Dass ich ihnen einen Menschen vorspiele, der Probleme hat. Dabei tu ich doch eh immer nur das, was ich will. Sehen sie den Wahnsinnigen in mir. Wenn ja, dann sagen sie nichts. Ich zeige ihnen diesen Menschen und freu mich dann das ich einen fühlenden Menschen nachmachen kann. Ich kann gut Interesse widerspiegeln. Kann sehr gut mich verstellen. Denn das was ich bin ist..

Nach der Therapiestunde bin ich froh, dass ich noch frei bin. Bin glücklich darüber, dass ich mich verstecken konnte. Nichts, was menschlich ist, ist mir fremd. Doch wenn das nicht menschlich ist, wie schaut es dann aus. Was ist, wenn ich denn Menschen um mich herum fremd werde. Wenn da nur noch ich bin, der für mich da ist. Wäre das schlimm? Ich glaube ja denn ganz alleine hätte ich keinen Grund mehr zum Reden und ich rede gerne. Weil ich mich gerne sprechen höre. Weil ich immer von meinen eigenen Ergüssen fasziniert bin. Ja ich liebe mich selbst. Und wenn da nur noch ich wäre, wäre ich nicht mehr fasziniert von mir, weil ich nicht den Mist um mich herum hätte, der mir das zeigt.

Manchmal könnte ich mir aber auch die Zunge abbeißen, wenn ich mir gewisse Sätze verkneife. Wenn ich nicht will, dass sie das böse in mir sehen. Wenn da wirklich nur Eigenliebe ist und Hass auf die anderen.. was heißt das?? Sagt das etwas aus über den Menschen der ich bin. Solange ich angepasst bin, werde ich nur in meinem inneren frei sein aber nicht in der Außenwelt. Doch wünsche ich mir auch das... durchs schreiben zeige ich ein bisschen von meiner Innenwelt. Durchs Schreiben wird der Mensch der ich sein will realer. Er zeigt sich und wird echt.. echt wütend!!

39.

Es ist Silvester vor vielen Jahren. Ich trank mit meiner Freundin bei uns Zuhause Whisky und Bier. Ein Briefchen Kokain war auch dabei. Ihr Telefon klingelt. Ich bin mit den Gedanken bei der Musik und höre ihr nicht zu, als sie auflegt und versucht mir etwas zu sagen.

Was?? Ahja, wir sollten dann los stimmt. Wir ziehen uns warm an, packen den Alk und das Koks ein und gehen hinaus auf die Straße. Die Lichter der Straßenlaternenlampen verschwimmen schon etwas. Doch die Kälte macht mich schnell wieder nüchtern. Wir brauchten nicht lange zum Zug. Kurz noch eine Zigarette rauchen und ab in den warmen Zug. Es war spät.

Wir lachen, fummeln herum und küssen uns. Wir sind beide extrem drauf und geil. Nochmals klingelt das Telefon.

Ja wir sind eh schon am weg sagt sie laut und lallend. Dann legte sie auf. Wir fuhren im warmen Zugabteil zum anderen Ende von Wien. Wir wollten auf einen Rave gehen. Eine Tekno Party.

Dann war es so weit. Es war Mitternacht. Wir schauten aus dem fahrenden Zug hinaus. Küssten uns und die Raketen über Wien konnte man gut sehen. Ich habe sie geliebt in diesen Moment und das waren nicht nur die Drogen. Ich bin verliebt in diesem Moment.

Weiterfahren. Weitertrinken. Line legen. Nase ziehen. Aussteigen. Telefon klingelt.

Wir fragten nach dem Weg, trafen auf den Hinweg Freunde von ihr. Ich selbst hatte keine.

Es knallte uns der Bass um die Ohren. Es waren hunderte von Leuten in einer Lagerhalle gequetscht. Drinnen war es warm durch die tanzenden Leute.

Pure liebe im Herzen! Das war ein schönes Silvester!

40.

Wie ich meine Arbeit hasse. Es kotzt mich an. Ich hab keine Lust mehr. Immer Leistung erbringen. Mehr und mehr. Ich könnte so schön in den Tag hineinleben. Herum chillen und mir die Sorgen wegsaufen. Okay, gesoffen hab ich gerade. Nur ein paar Gläser Wein. Arbeit war zum Kotzen. Ich hab keine Lust mehr. Immer dieselben Analysen. Dieselben Leute. Alle langweilig und fad. Ich könnte malen den ganzen Tag. Lieder schreiben oder eben schreiben. Gedichte; Romane. Nein, dafür reicht die Zeit nicht, denn ich muss arbeiten. Verstehe dieses Konzept nicht. Ich will nur machen was Spaß macht. Ich erinnere mich an eine Zeit da konnte mir nichts, was anhaben. Ich arbeitete im Einzelhandel und war sehr drauf. Drauf auf Braunem. Es war schön. Es war wunderbar. Ich würde gern wieder Heroin konsumieren, aber ich habe Angst; dass ich es übertreibe und mich in den Tod treibe. Könnte passieren. Keine Ahnung mehr, wie man das dosiert. Aber ja, ich will... vielleicht hol ich mir Mal wieder welches. Verdammt wäre das gut. Ich konsumierte in der Früh und die ganze Nacht. Irgendwann schlief ich ein und war im Himmel. Die Injektionen waren das schlimme dran. Ich fixte es. Schon morgens vor der Arbeit; vor der Schule. Ja, ich war drauf. Komische Zeiten. Keine Ahnung war ich so kaputt. Ich mochte das Zeug einfach. Es war angenehm. Es war das einzig Wahre in meinem Leben. Etwas, was nur mir gehörte und immer da war, wenn ich es brauchte. Alkohol ist auch gut, aber nichts geht über dem braunen Stoff. Muss mal wieder auf die Straße gehen und mir welches suchen. Ohhh kommt das gut. Jetzt wird fürs erste Mal ein Glas Wein reichen. Die ganzen Tabletten die ich eh jeden Tag nehme machen den Rest.

41.

Es ist früh am Morgen. Ich habe die Nacht zum Tag gemacht. Warum hab ich so Angst davor in die Arbeit zu gehen..? Vielleicht, weil ich immer etwas hypomanisch werde, wenn ich nicht schlafe. Zum Glück habe ich meine Tabletten. Wird somit schon gehen, irgendwie. Ist doch eh egal. Leben läuft weiter bis eben nicht mehr. Ob Geld oder Frauen, alles geht; alles kommt wieder. Ich will nur etwas spaß im Leben haben und der den ich will ist etwas unreif. Betrunken und high. Ja, auch jetzt habe ich getrunken. Nicht all zu viel. Nur eine halbe Flasche Wein plus eine Beruhigung Tablette. Das holt mich wieder runter. Die Arbeit ist hart, aber ich verdiene so gut wie noch nie zuvor. 12 stunden ist echt work sleep repeat. Zache Partie aber das eh nur vier Tage dann vier Tage frei, in denen ich viel schlafe. Bin schon schlanker geworden durch die Arbeit. Mache sie erst seit einem Monat aber der wenige schlafe das wenige Essen und dann wieder viel schlafen und wenig essen, zeigen Wirkung.

Mein Koks Dealer lässt auf sich warten. Naja, wenn es so ist; so warte ich. Muss ich wohl. Geht nicht anders. Diese Gott verdammten und geliebten Drogen. Ich stehe so darauf. Könnte immer so weitermachen. Saufen und koksen und rauchen. Wenn ich nur das Geld dafür hätte. Aber nein, ich bin nicht reich. Nicht mal aus einem reichen oder guten Haus. Alles hab ich mir alleine aufgebaut. So ist es. Und ja, jetzt verdiene ich richtig gut. Doch wie lange will ich diesen Job machen. Keine Ahnung. Arbeit nervt. Ja und wie auch noch. Ich verstehe die Menschen nicht, die Tag für Tag in einem Konzern arbeiten der gesichtslos ist und sie überwacht. Naja, solange ich gut verdiene und so lange ich noch in den 30iger bin mach ich das. Wahrscheinlich. Aber in den 40iger werde ich mir etwas anderes suchen. Dann mach ich wieder einen Job von 9 to 5 ohne Nachtschicht und Wochenend-Dienst. Ohne so einen Scheiß. Doch für jetzt sehe ich nur das Geld. Und ja ich liebe es. Geld. Geld. Drogen und Alk lassen sich halt nicht mit Nächstenliebe kaufen. Geld.

Nachwort:

Macht euch bitte keine Sorgen um mich. So schlimm ist mein Leben nicht.

Eigentlich habe ich mittlerweile alles gut im Griff.

Ich bin bestens vorbereitet, wenn die schlimmen Zeiten wieder kommen.

Aber für den Moment:

Mein Leben läuft sehr gut und sehr nüchtern.

Ich bin glücklich und an einem guten Punkt angekommen.

T.S.